森鷗外　学芸の散歩者

目次

・鷗外作品の引用にあたっては、『鷗外近代小説集』全六巻および『鷗外歴史文学集』全十三巻に収録されているものはその本文を、その他については『鷗外全集』〈一九七一年版〉全三十八巻の本文を用いた(いずれも岩波書店刊)。
・引用に際しては、旧字を新字に改め、旧仮名遣は残した。ルビは適宜加減した。
・引用文中に注を加える際は、〔 〕内に記した。

プロローグ――自伝と証言の間

百年という時間

二〇二二（令和4）年は、鷗外森林太郎（一八六二～一九二二）の生誕百六十年、没後百年の年である。祖父母や曽祖父母などと同時代に生きた人物だ。夏目漱石（一八六七～一九一六、鷗外より五歳年下）が、「功業は百歳の後に価値が定まる。〔中略〕余は吾文を以て百代の後に伝へんと欲するの野心家なり」と、手紙（一九〇六年十月二十一日付、森田草平宛）の中で未来に向けて溢れる意欲を見せたことがある。「百歳の後」がすでに来たわけだが、鷗外の文業は漱石とは別の形で近代という時代を見据え、人間の精神の広がりを表現した達成として、今でも輝きを放っている。

鷗外の文学を検証するのにふさわしい時期を迎えたわけだが、わたくしたち読者は、鷗外を「過去」の人物としてことさら突き放したり、「文学史」という枠組みに当てはめるだけで理解したりしてはならないだろう。「近代」がもたらした困難な現実の課題は解決されておらず、安易な意味づけは、本質を見えなくしている。鷗外の「人間」を振り返ることは、見えにくくなった「人間性」に光を当て、それを自分たちの手に取り戻す作業でもあるのである。

「自紀材料」の位置

鷗外について考えるとき、わたくしに想起される二つの文章がある。まず、最初の文章から見てみよう。

文久二年　正月十九日生る。其地は石見国鹿足郡津和野横堀なり。
明治五年　十一歳。六月二十六日石見国鹿足郡町田村の居を出で、父と東京に向ふ。
明治六年　十二歳。六月二日祖母清、母峰、弟篤二郎（ママ）、妹きみ石見国を出でて東京に向ふ。
明治七年　十三歳。新年に東京医学校予科に入る。
明治十四年　二十歳。七月四日、大学の業を終ふ。
明治十七年　二十三歳。六月七日欧洲行を命ぜらる。〔中略〕十月十一日午後八時三十分伯林に着く。

「自紀材料（じきざいりょう）」と題された、和紙半紙二つ折りで三分冊に製本された自筆文書（原本は現在、文京区立森鷗外記念館蔵）から引用した。多くは墨で書かれ、訂正なども多い。生前の事蹟から始まり、一九〇七（明治40）年に至る履歴が簡潔に記されており、一九七〇年代に刊行された岩波書店版『鷗外全集』（全三十八巻）では第三十五巻で「日記」として扱われている。正確な執筆年、執筆動機は明らかでないが、一九〇八（明治41）年十一月一日の日記に、「自紀資料を整理す」とあり、その時期に自分の半生を振り返って記されたものであろう。年齢が数え年で記されているので、一を引いて満年齢に直しながら、ところどころ時間まで正確に再現された一人の人物の履歴を見つめると、その筆跡の奥に、自分の閲歴に対する本人の認識や「事実」の重みがうかがえる。

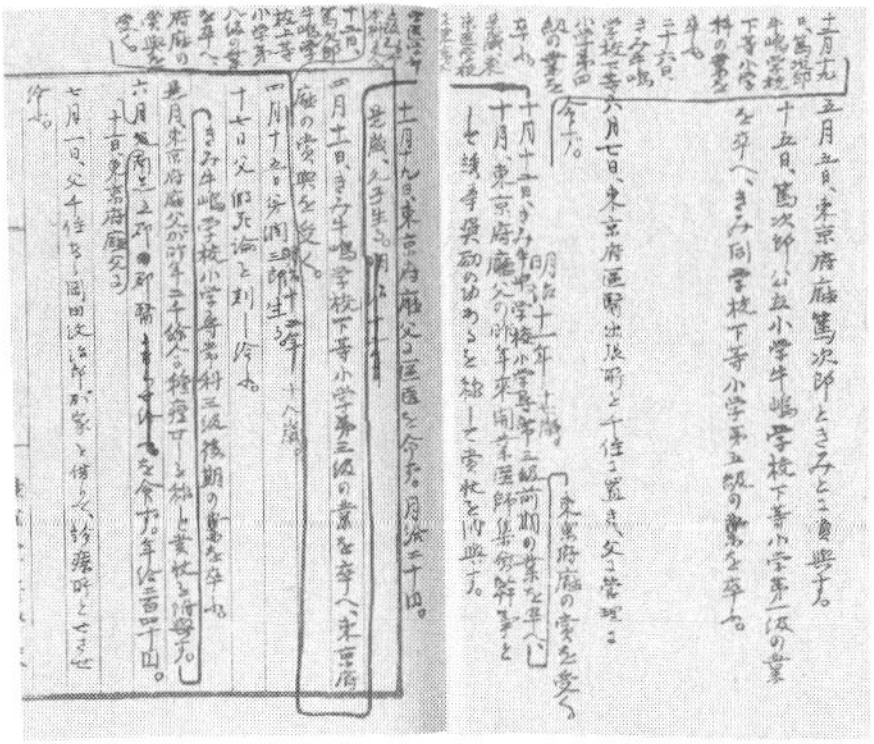

「自紀材料」

永井荷風と「先生」

「自紀材料」の最後は一九〇七年の十二月で、その少し前に、「十一月十三日、軍医総監に任じ、陸軍省医務局長に補せらる」という一節が見られる。文業についての記載は排せられているが、鷗外は、経歴においての前半生の「頂点」に立ったわけだ。翌々年には文壇に復帰し、一気に作品が生み出されるが、発売禁止処分に見舞われもした。そうした緊張感の中で、雑誌『中央公論』一九〇九（明治42）年九月号は、「現代人物評論（二十）森鷗外論」という小特集を組み、十二人の鷗外評を掲げている。

鷗外が「半日」（『スバル』一九〇九年三月）で小説執筆を再開し、「ヰタ・セクスアリス」（同年七月）で『スバル』が発禁になった直後に組まれたこの小特集の、全十二名の執筆者と題名は、島崎藤村「聯想と回顧」、三宅雪嶺「森鷗外」、永井荷風「鷗外先生」、戸川秋骨「森先生」、井上通泰「森君」、芹菜子「森先生」、水野葉舟「一読者として」、田山花袋「森鷗外先生」、星雲子（島村抱月）「森鷗外博士」、小山内薫「森先生」、大野豊太（洒竹）「医学界に於ける森鷗外氏」、石黒忠悳「森林太郎君に就て」となっていた。

通読して興味深いのは、それぞれの書き手が鷗外についてどういう呼称を用いているかである。「森鷗外氏」「氏」（藤村）、「鷗外」（雪嶺）、「森先生」「先生」（秋骨）、「森君」（通泰）、「鷗外氏」（葉舟）、「鷗外さん」（花袋）、「鷗外博士」（抱月）、「森君」（石黒）といった感じだ。その中の一篇に、永井荷風（一八七九～一九五九、鷗外より十七歳年下）の「鷗外先生」という短い文章がある。荷風の文章は、狂いのない、鷗外を一貫して「先生」の語で呼ぶ一文である。その一節に、次のような見事な観察が描き出されている。

> 凡て（すべ）のいまはしい形をあからさまに照す日の光が次第に薄（うす）らいで、色と響と匂のみ浮立つ黄昏（たそがれ）の来るのを待つて、先生は「社会」と云ふ窮屈な室を出で、「科学」と云ふ鉄の門を後にして、決して躓（つまず）いた事のない、極めて規則正しい、寛闊（かんかつ）な歩調で、独り静に芸術の庭を散歩する。

談話が多い十二人の鷗外評の中で、原稿として書かれた二ページほどの、静かだが、内に熱い想念が満ちたこの文章は、鷗外を終始「先生」と呼んだ荷風による、鷗外の前半生を全て取り込んだ人物描写となっている。固有名詞が全く記されないこの一文は、「自紀材料」の世界と対極的だが、当時の鷗外の本質をしっかりと凝視し、過不足がない。引用した数行のどの部分についても、鷗外の生涯や作品を踏まえた注釈的説明を加えることができる。説明など必要ないというかのような、磨き抜かれた文章には、「社会」と「芸術」との境界で自分なりの言葉を手繰り寄せようとしていた荷風の姿が、重ね合わされている。この文章が描き出す鷗外像は、現代の読者が鷗外について考えうる、一つの極北を示しているのだ。どのような詳細な説明でもとらえきれない、一人の人間の「核（コア）」のようなものが、定着されているのではなかろうか。これが、鷗外について考えるときわたくしに想起される、もう一つの文章なのである。

荷風は、文章の最後で、「自分は先生の後姿を遥かに望む時、時代より優れ過ぎた人の淋しさといふ事を想像せずには居られない」と記す。鷗外の後半生を知っているわたくしたちは、その一生について考えるたび、荷風がこのとき感じた思いと同質のものを感じるが、それは悲しい体験ではない。鷗外の一生のどの部分を見つめても同じ想念が生まれるという事実は、わたくしたちに大事なことを示しているのではないか。生み出された作品こそ、「自紀材料」の「事実」と、荷風評の敬愛に満ちた「凝視」をつなげるものであり、これからのわたくしたちが鷗外の生涯をたどる旅の里程標なのである。その意味で、鷗外の書き残したものと同時に、鷗外について書かれた多くの人々の証言もまた、見逃すことができないように思う。

I　林太郎として生まれて

——日本とドイツ

1　故郷と両親――青野山に見守られて

「津和野」という場所

津和野――不思議な響きのある町の名前である。「山陰の小京都」と称される美しい城下町。JR山陽新幹線・山陽本線「新山口」駅（山陽本線の駅はかつて「小郡」と言った）から山口線に乗り換えて「山口」駅を過ぎ、さらに一時間足らずで山口県から島根県に入って最初の駅が、「津和野」だ。江戸時代の面影を残す風情のあるこの町は、現在はレトロな観光地として、多くの旅人を迎えている。七月の弥栄神社の鷺舞を見に来る人も多い。島根県益田市の「萩・石見」空港を利用すれば、「益田」駅から南の方角に向かい、「津和野」駅まで特急で三十分である。東京から日帰りも可能だ。

城下町といっても、街並みは小一時間も歩けば尽きる広さである。亀井家四万三千石の城下町には、文武を奨励した藩主の建てた藩校養老館（一七八六年開設）が復元されて建てられた記念館もあり、さらに南に歩くと、鷗外森林太郎生家と、町立の森鷗外記念館（一九九五年開館）にたどり着く。同じ津和野出身の明治の啓蒙思想家、西周（一八二九〜九七、鷗外より三十三歳年長、森家の親戚で、藩の典医の家系）の生家を訪れる人は少なくても、鷗外の生家は、津和野に来た人は皆立ち寄るだろう。津和野といえば森鷗外、この繋がりは格別だ。

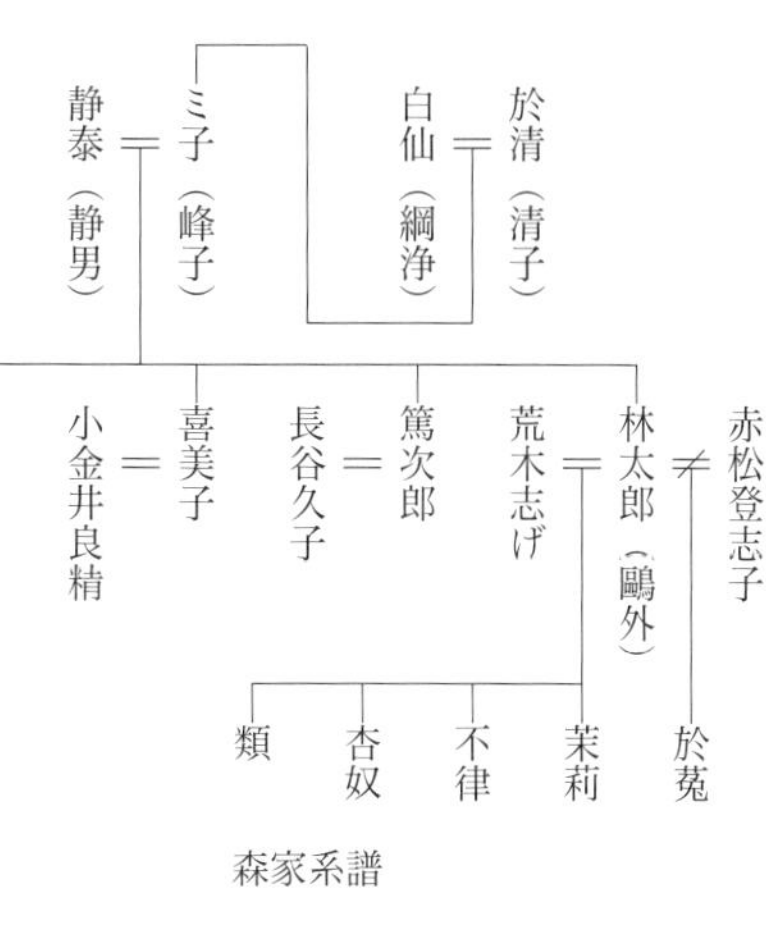

森家系譜

待望の男子誕生

のちの鷗外、森林太郎が、石見国津和野町田村字横堀（現、島根県鹿足郡津和野町町田イ二三二）に生まれたのは、一八六二（文久2）年一月十九日（太陽暦では二月十七日）の雪の日で、父は津和野藩典医（お抱えの医者）の森静泰（維新後改名して静男、当時二十六歳、森家十三世）、母はミ子（峰子、当時十五歳）の、待望の長男だった。静泰は男子に恵まれなかった典医の家系森家に、吉次家より婿養子としてきた人で、当時森家にはミ子の母於清（通称清子、「きよ」とも、当時四十二歳。於清の夫、森家十二世白仙〈名は綱浄〉も婿養子にきた典医だが、一八六一年、旅先の近江の土山宿で逝去）がいた。林太郎を取り巻くこうした家族の存在は、のちの文学者誕生にも関係する。静男と峰子は、その後さらに三人の子どもに恵まれる。それぞれの業績について、少し早いがここで紹介しておきたい。

次男篤次郎　慶応三年九月五日（太陽暦一八六七年十月二日）〜一九〇八年一月十日、林太郎より五歳年下。医師、劇評家。筆名三木竹二、雑誌『歌舞伎』を主宰。長く「観劇偶評」を書き、鷗外の評論集『都幾久斜（月草）』に収録（のち岩波文庫）。

長女喜美子　明治三年十一月二十九日（太陽暦一八七一年一月十九日）〜一九五六年一月二十六日、八歳年下。女流文学者。解剖学者、人類学者の小金井良精に嫁ぐ。鷗外に関する著作として、『森鷗外の系族』（大岡山書店、一九四三年十二月）、『鷗外の思ひ出』（八木書店、一九五六年一月）がある（いずれも、のち岩波文庫）。

三男潤三郎　一八七九年四月十五日〜一九四四年四月六日、十七歳年下。一家の上京後に誕生。歴史家、書誌学者。『鷗外全集』刊行に尽力。『鷗外森林太郎』（丸井書店、一九四二年四月。『鷗外森林太郎伝』昭和書房、一九三四年七月の改訂版）などの著作がある。

母なる山、青野山

林太郎が一八七二(明治5)年六月二十六日に、父や同郷の先輩山辺丈夫(やまのべたけお)とともに故郷を出発、上京の途につくまで、十年五ヶ月余りを過ごした津和野の町の四方を、わたくしたちが生家跡に立って見渡すとき、どういう風景が少年の眼に映っていたろうかと思う。前年、廃藩置県がおこなわれ、散髪脱刀令が出され、林太郎上京後のこの年は学制の発布、新橋横浜間の鉄道開通、太陽暦の採用、徴兵の詔が出るなど、新しい時代の動きが顕著だった時期である。が、そうした動きがそれまで山陰の山の中の盆地にどう伝わっていたのだろうか。

城山から津和野の町を望む．右手に青野山
(写真提供：津和野町日本遺産センター)

明治維新は津和野の町にも押し寄せてきて、津和野駅から十分ほど急な坂道を登った先の乙女峠では、藩が預かっていた隠れキリシタンを新政府の方針で弾圧、三十七名を殉教させてしまう出来事が起きた。一九五一(昭和26)年に乙女峠マリア聖堂が建てられ、現在訪れる人も多いが、鷗外は生涯、津和野で起きたこの事実について全く触れていない。

もう一度、津和野盆地の地理的たたずまいを思い起こそう。盆地の西側を仰ぐと、城跡が残っている城山が見える。振り向くと東側の山並みにやわらかな山稜が眼に入る。お椀を伏せたような形の、標高九〇七メートルのトロイデ式火山、青野山（あおのやま）である。間の低地を南から北に流れるのが、津和野川だ。城山の頂きに公の人事を司る津和野城があり、いわば父なる形象だとすれば、日々眼に入る青野山は、自分を見守ってくれる、懐かしい母のイメージだったのではないか。林太郎にとって、家の両親たち以外に自分を包み込んでくれる存在があるとすれば、青野山のある風景だったように思う。

林太郎が故郷津和野を出発したのは、十歳のときのことである。見るもの聞くものを自分の理性の中で意味づけるのには、まだ早い。それよりも、感性、情感のレベルで自分とつながる世界の方と、親密に関わっていたのではないか。津和野の風景は、子どもの林太郎にとって、原初的であり、そうであるからこそ長く揺曳する風景として存在したように思われる。何かに包まれたい、そう思うとき、青野山の風景は何度も想起されたように思う。

一度も帰らなかった故郷

若き日に勉学のために東京に出てきた文学者として思い出されるのが、島崎藤村（一八七二〜

一九四三、鷗外より十歳年下)である。信州馬籠(現、岐阜県中津川市馬籠)に生まれ育った島崎春樹少年は、一八八一(明治14)年に九歳で上京、親戚や知人の元から学校に通い、感性を磨いた。その後、時折郷里に帰省し、緻密な取材を試みて、馬籠で生涯を閉じた父正樹をモデルに、幕末維新の木曽を舞台にした長篇『夜明け前』(新潮社、一九三二年一月、一九三五年十一月)を描く。文字通り、「血につながるふるさと、心につながるふるさと、言葉につながるふるさと」(故郷での講演で語った言葉)だったわけだ。一方、鷗外には、津和野を正面から描いた文章は、なぜか見当たらない。実は、生前一度も津和野に帰ってはいないのである。故郷を捨てたわけではないだろう。かえって、無意識の中で、故郷を純粋な姿のまま自分の感性にとどめておきたいがために、触れることがなかったのではないか。死の直前の遺書のなかで、「石見人森林太郎」と自分を規定することになるが、それまでの発言からは、そうした自己認識はなかったように思われる。

藩校養老館の日々

林太郎が藩校養老館に通い始めたのは、一八六九(明治2)年、七歳のときである。新時代の教育改革により、従来の漢学の他に、医学や国学なども学べるようになっていたが、まずは倫理道徳の教科書である『童蒙入学門』の筆写から始められたという。二〇一八(平成30)年、林

7歳の林太郎が筆写した『童蒙入学門』. 現存する最も古い自筆文書(津和野森鷗外記念館蔵「種市コレクション」)

太郎自筆のこの書物の写本が確認され、「種市コレクション」の中の資料として、津和野の森鷗外記念館の所蔵となった。冒頭から末尾まで、狂いのないしっかりした筆跡であり、養老館の教師今井正臣を驚嘆させたという。内容理解の前に、まずは、正しく写せるかが問題なのだ。正しく筆写する、師の言うようにしっかり真似ることは、基本的な能力なのである。

そうしたことに秀でていた林太郎は、すぐさま周囲の人々に注目された。両親の期待を背に、川べりの道を藩校に通う少年の姿を思い浮かべるのは、楽しい。

まず真似る、ということで思い出すのは、正岡子規(一八六七〜一九〇二、鷗外より五歳年下)が幼き日に、明治初期の代表的翻訳修身教科書『泰西勧善訓蒙』(一八七一〜七四)を借りて筆写したという事実である。子規は十一歳だった一八七八(明治11)年に、現存する最初の作文を書くが、その頃、葛飾北斎の『画道独稽古』を借りて模写する体験も積んでいた。絵と文の両分野で、いわば、真似るという行為を媒介に、ものの形や輪郭を定着する試みを始めていたのである。その体験は、すぐさま実りをもたらすわけではない。しかし、それが血肉化して、感性や表現力を磨くことにつながるのであり、だからこそそのちに子規の多彩な文業、さらには最晩年の「草花帖」「果物帖」のような画業が生み出されたように思う。林太郎にとっても、それは同じであった。しっかりと「真似る」とはしっかりと「学ぶ」ことであり、そうした幼少期の体験こそ、鷗外の表現の原点だった。

父から教わったこと

何歳のことかはわからないが、鷗外は随筆「サフラン」(『番紅花(サフラン)』一九一四年三月)の中で、幼いときの思い出として、次のように記している。

私は子供の時から本が好だと云はれた。少年の読む雑誌もなければ、巌谷小波(いわやさざなみ)君のお伽話もない時代に生れたので、お祖母(ばあ)さまがおよめ入の時に持つて来られたと云ふ百人一首やら、お祖父(じい)さまが義太夫を語られた時の記念に残つてゐる浄瑠璃本やら、謡曲の筋書をした絵本やら、そんなものを有るに任せて見てゐて、凧と云ふものを揚げない、独楽(こま)と云ふものを廻さない。隣家の子供との間に何等の心的接触も成り立たない。そこでいよ〳〵本に読み耽つて、器に塵の附くやうに、いろ〳〵の物の名が記憶に残る。そんな風で名を知つて物を知らぬ片羽になつた。大抵の物の名がさうである。植物の名もさうである。父は所謂(いわゆる)蘭医である。オランダ語を教へて遣らうと云はれるので、早くから少しづつ習つた。文典と云ふものを読む。それに前後編があつて、前編は語を説明し、後編は文を説明してある。それを読んでゐた時字書を貸して貰つた。蘭和対訳の二冊物で、大きい厚い和本である。

ここに出てくる「文典」(文法書)というのは、藩校で使われていた『和蘭(オランダ)文典後編　成句論』(嘉永元年刊)のことであろうか。この後、新しい言葉を習得するときのよすがとなる辞書との出会いの詳細な様子を、さらに見事に再現する描写が続く。「サフランと云ふ草と私との歴史」を書きながら、「これからも、サフランはサフランの生存をして行くであらう。私は私の生存をして行くであらう」と結ばれるこの味わい深い小文の骨格は、記憶をもとに確実に造形し、ものを正確に描こうとする、鷗外特有の意志であろう。末尾の一節は生き方のみならず、自分の表現にあくまで忠実であろうとする姿勢のあらわれである。文字通り、「物の生ずる力は驚くべきものである。あらゆる抗抵に打ち勝つて生じ、伸びる」のである。それは、林太郎少年が知らず知らず身につけた人間性でもあったろう。「語」と「文」を自分の中で組織的に組み合わせることができるように、少年は成長していたと言ってよい。

2　医学に導かれて――上京と医学校生活

十歳の上京

一八七二（明治5）年六月二十六日、林太郎は父に連れられて東京へと旅立った。国境の野坂峠を越え徳佐へ出て、瀬戸内海の港町三田尻（現、山口県防府市）に至る。父の生家にしばらく滞在し、その後、船で東京に向かったと言われる。七月某日に東京着、落ち着き先は、隅田川の東岸の葛飾郡向島小梅村（現、墨田区向島）にあった亀井家の下屋敷である。旧藩主亀井氏に招かれて父が上京したためだが、八月、近くの小梅村八十七番地の借家に移住する。それを機に森家は故郷津和野を引き払い、林太郎の母、祖母、次弟と妹も一八七三（明治6）年上京、周囲に水路と田圃が残るその家に合流した。同年、一家はさらに、小梅村二丁目三十七番地（現、向島三―三七、三八）の三百坪の庭のある家、のちに森家で「曳舟通りの家」と呼ばれる家に移ることになる。ここから小学校に通った妹喜美子は、狐が出るこの家の印象を、「小梅村の奥まりて隠宅めきたる」と「不忘記」（『森鷗外の系族』所収）に書いている。一家は一八七九（明治

12)年六月に千住北組十四番地に転居するまで、ここに住んだ。

勉学好きな林太郎に目をかけてくれた同郷の先輩が、西周である。幕末のオランダ留学を経て、一八七二年当時四十三歳、兵部大丞になり宮内省に関係していた西の家は当時、神田西小川町一丁目一番地にあった。『明六雑誌』(一八七四年三月創刊)ではなばなしい活躍をする直前のことである。上京後間もなく、医学校に進学するためにドイツ語を学べる学校を父が探してくれ、林太郎は本郷壱岐坂の進文学社に通うことになる。その通学に便利なように、林太郎は父と別れ、西宅に住むことになった。

津和野より上京後(1872年10月頃), 浅草江崎礼二写真館にて. 左から西周, 一人おいて父静男, 林太郎, 山辺丈夫, 西紳六郎. 現在確認できる林太郎の最も古い写真(文京区立森鷗外記念館蔵)

西周という存在

西周は、林太郎にとって郷土の大先輩である。仕事に忙しい西が林太郎に厳しくしたわけではないが、洋行体験のある西の生活を見て、林太郎は何かを得たこともあろう。夫人の升子(ますこ)からは、日々の生活態度を学んだようだ。時折、向島の家に帰り、家族と生活を共にした。進文学社での勉学は、そう苦にならなかった。ドイツ語の力も付いてきていたのである。

林太郎の生涯で、のちに西周の名が大きな存在感を持つのは、ドイツ留学からの帰国直後に見舞われたドイツ人女性との問題が一応の解決を見たときのことである。林太郎の結婚を急いだ両親に周旋を頼まれた西が、赤松登志子(あかまつとしこ)との関係を取り持ってくれたのである。しかしその後、林太郎は登志子と離婚、それが西の不興を買って絶縁状態になってしまうという事件が起きる。

将来こうした関係になることなど予想もつかぬ中で、西の恩恵を受けながらも、少しずつ自分の世界を作り、西の影響から距離を保つことが、林太郎の成長には必要であった。林太郎十代の飛躍は、身近な存在に意識的に対抗し、自己の力を生み出し成長しようとする「対西周」の構図にもあらわれていたのである。文学的な先輩として、林太郎は向島に帰った折、近所に住む依田学海(よだがっかい)のもとを訪れ、漢学を学んでいる。文人風の依田との付き合いの方が、性に合っていたのであろう。

のちに林太郎は、「混沌」と題する講演(一九〇九年一月十七日、在東京津和野小学校同窓会)で郷土の先人に触れ、西周の名を挙げて、「あの先生は気の利いた人ではない。頗(すこぶ)るぼんやりした人でありました。そのぼんやりした椋鳥のやうな所にあの人の偉大な所があつた」と述べている。こうした思いに至るまでには、ある成熟が必要だったのであろう。

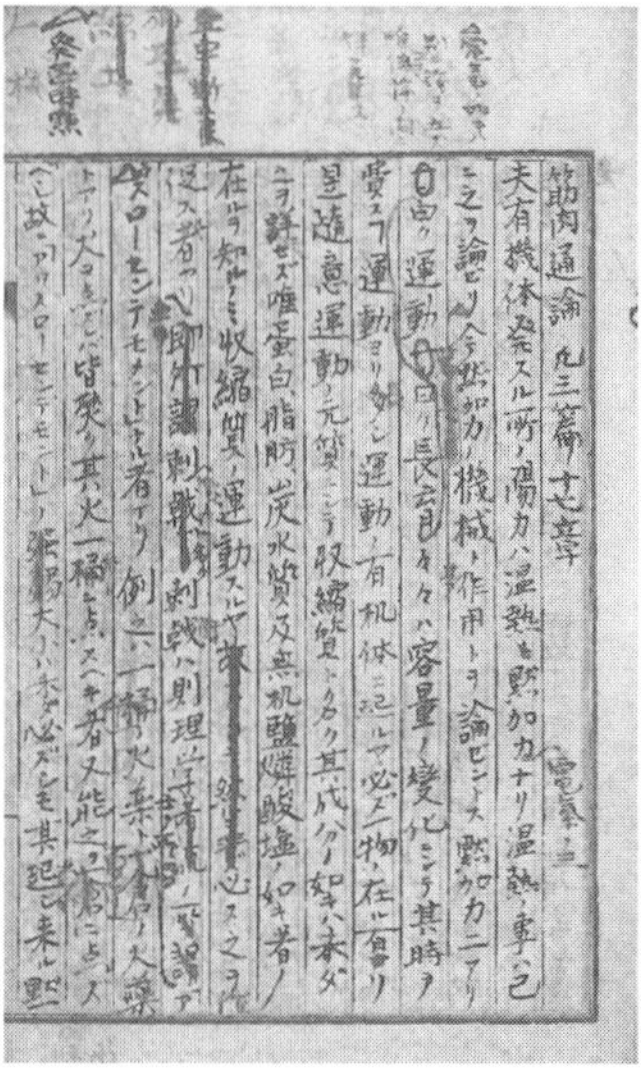

林太郎訳「筋肉通論」(『鷗外』108号より)

若くして医学を学ぶ

林太郎が第一大学区医学校(のち東京医学校と改称、さらに帝国大学医学部に発展)予科に入学したのは、一八七四(明治7)年一月のことである。同級生は五十名ほどであった。九月入学が通常だが、林太郎は一八六〇(万延元)年生まれの数え十五歳として中途から入学、下谷和泉橋の藤堂家跡地の校舎で、同級生と一緒に学び始める。入学するには年齢を偽らなくてはならず、林太郎は以後も、その生年を公的な場で用いている。

その後は東京医学校本科に進み、一八七六(明治9)年十二月からは本郷元富士町に移転した学舎で勉学に励んだ。ドイツ人のシュルツェ教授、ベルツ教授の授業に出、教科書に詳細な書き込みをして、力を溜めた。書き込みはドイツ語でなされたものも多く、医学の専門においても学力が発揮されていたことが知られる。

近年、「（明治）十一年八月」の日付のある「筋肉通論」と題された林太郎自筆の冊子が発見された。宗像和重「自筆本『筋肉通論』の検討——森鷗外最初の「著作」として」（『鷗外』百八号、二〇二一年一月）に詳細な跡づけがあるが、十六歳の林太郎が、エルンスト・チーゲルの生理学の講義を、漢字カタカナ混じりで翻訳したものである。ドイツ語の医学用語の訳も、まだきちんと定まっていない時代だ。そうした草創期の模索の姿が、こうした文献にもあらわれていたのである。

寄宿舎の友人たち

東京医学校は、下谷時代から寄宿舎が整備されており、林太郎も引き続き本郷の寄宿舎に生活した。この寄宿舎生活で見落とせないのは、林太郎が何人もの友人を知ったことである。賀古鶴所（一八五五〜一九三一、浜松藩の典医の子、鷗外より七歳年長）、緒方収二郎（一八五七〜一九四二、緒方洪庵の六男、鷗外より五歳年長）、谷口謙（一八五六〜一九二九、鷗外より六歳年長）、中浜東一郎（一八五七〜一九三七、鷗外より五歳年長）、小池正直（一八五四〜一九一四、庄内藩の典医の子、鷗外より八歳年長）らがそれである。

特に賀古とは同室で、親しんだ。日露戦争後に創作を再開した頃の作品に、「キタ・セクス

卒業試験終了時の記念写真．左から佐藤佐，林太郎，小池正直，片山芳林（文京区立森鷗外記念館蔵）

アリス」(『スバル』一九〇九年七月)という、発売禁止処分を受け生前には単行本に収録されなかった問題作がある。哲学者金井湛が自己の幼少期から数えで二十一歳の洋行までの性的経験を綴ったという設定の作品で、鷗外の体験が踏まえられているので、伝記的に読まれることも多い。その中で、賀古をモデルにした古賀と、緒方をモデルにした児島は、金井にとって重要な人物として描かれる。寄宿舎のゆがんだ人間関係から距離をとり、「学問をする為めに学問をする」という姿勢の古賀は、遊興的に傾きがちな学生生活をストイックにし、勉学一途の青春を形成するきっかけとなったというのである。この「三角同盟」の三人は、吉原を見に行こうと言って出かけても、「吉原を縦横に闊歩する」だけで、それ以上に踏み込まない。

　こうしたことは、のちの小説『雁』(籾山書店、一九一五年五月)の生真面目な医学生岡田の人物像とつながる。一八八〇(明治13)年の出来事を回想するという設定の物語の中で、お玉が密かに想いを寄せる岡田は、「均衡を保つた書生生活」を送る人物で、下宿の夕食後の散歩の道や時間にも全く狂いがない。だからこそ、無縁坂の家に囲われているお玉との邂逅も演出できるのである。かといって、岡田には、隠微な描写のある中国の小説『金瓶梅（きんぺいばい）』を読もうとする、若者らしい心情もある。「キタ」の金井も、女性体験はない堅物であっても、春本に興味を示す側面もあった。林太郎自身の、ゆがんだ学生生活を送りたくないという一心が、こうした人物像に意識的に強く付与されているはずだ。

遊ぶことに対するそうした想像上の、時には書物の中での興味はあっても、林太郎の学生生活が、両親の期待を裏切るものでなかったことだけはたしかである。一八八〇年九月から、本郷龍岡町（たつおかちょう）の下宿「上条（かみじょう）」に住み、卒業試験期間中に下宿が全焼しノート類を失ったという出来事もあったが、林太郎は一八八一（明治14）年七月、無事に、東京医学校が発展して改称された東京大学医学部を卒業、「医学士」となった。満十九歳五ヶ月のときである。現存する「東京大学新医学士成績順名簿」（文部省公報）には、森林太郎の名は、二十八人中八番となっている（谷口は二十番、賀古は二十一番）。

3　ドイツ留学――諸都市をめぐる

陸軍軍医の道へ

林太郎は、自分の卒業成績が思ったほどでないことを知り、身の処し方を考えなければならなかった。同級生の小池正直は、学生時代から陸軍給費生であり、卒業後の陸軍入りが決まっていたが、林太郎のことを心配し、当時の陸軍軍医本部次長、石黒忠悳（ただのり）に手紙を書き、林太郎の陸軍入りを依頼している。小池の友情の証でもあった嘆願書も功を奏し、林太郎は一八八一（明治14）年十二月十六日、「陸軍軍医副、東京陸軍病院課僚」を命じられた。軍医としての、第一歩である。

父静男は当時、千住に「橘井堂（きっせいどう）医院」という診療所を開いており、林太郎もそこに寄寓していた。任じられる少し前、親友の賀古鶴所に宛てて書簡を寄せた。岩波書店版『鷗外全集』の、残された鷗外書簡を収録する第三十六巻、冒頭の一通である。

今朝三宅秀〔医学部長〕民〔氏〕ヲ訪ヒ相談ニ及ヒ候処同氏ノ言ニ洋行〔文部省からの留学〕ノ事モ未タ決定セズ〔中略〕撰法ハ試撿成績ヲ主トス所詮卿ノ番ニナル可ラズ断念シテ然ル可シトイフ事ナレハ是非ナク思ヒ止リ申候然レハ矢張双親共ノ意ニ遵ヒ陸軍省ニ出仕ノ外ハ無御坐候

将来陸軍から留学できるかもしれないという可能性にかけた決意が見えるが、両親の期待は大きかったようだ。妹喜美子の回想「森於菟に」（『森鷗外の系族』所収）には、「陸軍へお出になるときまつてから、新しい軍服や附属品が次次に届くのが皆の気分を明るくしました」とか、「お父う様はすつかりお喜びで、人力車を一台新しくこしらへさせ、それも光るのは卑しいと艶消に塗らせ、背を張る切地の色を選んだものでした」とある。家族の思いがうかがえるが、「お出かけの時は家内中揃つて見送ります」といった期待に答えるには、可能性として残された陸軍からの留学を実現するしかなかったろう。

「航西日記」にみる旅路

林太郎は徴兵検査のため栃木・群馬・長野・新潟に出張もし、公務をこなした。陸軍二等軍医になった林太郎に、一八八四（明治17）年六月七日、ドイツへの留学の命が下りた。衛生学を修め、合わせて陸軍医事を研究するのが課せられた業務である。同行の日本人留学生は計十人で、穂積八束（憲法学）、宮崎道三郎（法制史）、田中正平（音楽理論）、片山国嘉（法医学）、丹波敬三（薬学）、飯盛挺造（物理学）、隈川宗雄（医化学）、萩原三圭（小児科）、長与称吉（内科）と林太郎である。明治の学術界を支える錚々たる人物たちだ。長与称吉は帰国後に胃腸病院を開業、夏目漱石の主治医としても知られる。

　幕末維新期の文化人は、洋行に際してさまざまな文章を残している。久米邦武編の大部な『特命全権大使　米欧回覧実記』など、現在岩波文庫で手軽に読むことのできる文献も多い。『新日本古典文学大系　明治編5　海外見聞集』（岩波書店、二〇〇九年六月）は、注釈つきで貴重だ。

　森林太郎の場合はどうであったか。「航西日記」は漢文体で書かれた洋行日記で、途中自作の漢詩四十首なども挿入され、いかにも漢学にも秀でた、若い林太郎の意欲を示すものとなっている。自分たちを「日東十客」と呼ぶ一節もある。

　林太郎は、まず「初め余の業を大学に卒ふるや、つとに航西の志有り。おもへらく今の医学は泰西（西欧諸国）より来れり、たとひその文を観その音を諷ずるとも、いやしくも親しくその境を履むにあらざれば、則ち郢書燕説（こじつけて解釈すること）のみ」（『海外見聞集』による書き下しを引用。以下同じ）と、ヨーロッパの学術を習得することの必要を述べ、それを漢詩の形で表現することを試みる。明治のある時期に、言文一致の必要を昔の文語文で力説するかのような齟齬があるが、問題になっていない。

地中海にさしかかり、「干第呀嶋《カンヂャ》」（クレタ島）を望み、「葉多膨山《エトナ》」「細々里《シシリー》海峡」「洎第尼《サルジニア》の山脈」「哥塞牙《コルシカ》」を見ながら船は進む。興味深いのは、「哥塞牙は拿破崙《ナポレオン》一世所生の地」として、ナポレオンを偲ぶ漢詩を作っていることである。西欧の旧知の場所、人物、事跡が想起され、それに触発された表現がすぐさまなされているわけだ。知識の再構成、確認こそ、このときの林太郎にとってうれしいことだったのではないか。

地中海の船旅の体験ということでは、『風土　人間学的考察』（岩波書店、一九三五年九月）を書いた和辻哲郎による、一九二七（昭和2）年からのドイツ留学時の観察と比較してみたい。クレタ島を過ぎイタリアの陸地の緑を見て、ヨーロッパ的風土の特性を直感した和辻の感性とは違い、林太郎にとって、西洋の風物は歴史上の事象だったろう。漢文と漢詩による定着は、感性のひだにまでは、入り込まない。洋行しているのだという事実こそが、大事なのである。

他の文学者との比較という意味では、パリ体験も見落とせない。夏目漱石は、留学先のロンドンに向かう前に一週間ほどパリに立ち寄り、一九〇〇（明治33）年のパリ万博を見物する。その行動や感慨は妻鏡子に送った書簡（十月二十三日付）などで知られるが、林太郎のパリ体験の内実をうかがえる資料はほとんどない。十月九日パリに着き、大学で同級だった佐藤佐《たすく》と再会して、その夜「夜電《エデン》」劇場に行くが、滞在三十数時間のパリはどう映ったか、その印象はわからない。ドイツに向けて気がせいていては、パリは眼に入らない。漱石のパリの印象の方が、実感がこもっている。十六年という隔たり以上に、大都会に対する接し方に違いがあったのであろう。

「独逸日記」を記す

十月十日にパリをたち、ケルンを経て、十一日、夜の八時半に林太郎はベルリンに到着した。十二日から書き始められた「独逸(ドイツ)日記」は、漢文で書きつけられていたであろう日記原本(「在徳記」という題名だったとされる)をのちに、作品として読めるように整えたもので、林太郎のドイツ時代を詳細に再現してくれる。

「独逸日記」冒頭部分には、ある二つのベクトルが感じられる。

十月十二日。〔中略。滞在中の軍医監の橋本綱常(つなつね)が〕われに告ぐるやう。政府の君に托したるは、衛生学を修むることと、独逸の陸軍衛生部の事を詢(と)ふことゝの二つにぞある。されど制度上の事を詢はんは、既に隻眼を具ふるものならでは、えなさぬ事なり。〔中略〕君は唯心を専(もっぱ)らにして衛生学を修めよ。

十三日。〔中略〕公使〔青木周蔵〕のいはく衛生学を修むるは善し。されど帰りて直ちにこれを実施せむこと、恐らくは難かるべし。足の指の間に、下駄の緒挟みて行く民に、衛生論はいらぬ事ぞ。学問とは書を読むのみをいふにあらず。欧洲人の思想はいかに、その生活はいかに、その礼儀はいかに、これだに善く観ば、洋行の手柄は充分ならむといはれぬ。

ちょうどベルリンに来ていた橋本綱常は、「心を専にして衛生学を修めよ」と「諭(さと)されぬ」という。それに対し、青木周蔵公使は、「まあ、学問は大概(たいがい)にして、ちつと欧羅巴(ヨーロッパ)人がどんな生活をしてゐるか、見て行くが宜しい」(のちの小説「大発見」〈『心の花』一九〇九年六月〉での表現)とおおらかだ。上役の指示と、西洋を知った人の言葉との隔たりが何を意味するのか、このときの林太郎に理解できていたろうか。

留学の輪郭

ここで、四年間のドイツ留学の輪郭を整理しておきたい。

一八八四(明治17)年　二十二歳

八月、横浜からフランス船メンザレエ号で出航(途中香港でヤンセー号に乗り換え)、インド洋、地中海を経て、十月七日、マルセイユに上陸、パリに一泊して芝居を見て、十月十一日、ベルリンに着く。ドイツ中部のライプチヒに赴き、フランツ・アードルフ・ホフマン(一八四三～一九二〇、衛生学者)の指導を受ける。十一ヶ月滞在。途中で、南東のドレスデンに旅行。

一八八五(明治18)年　二十三歳
十月、ドレスデンに移り、ウィルヘルム・アウグスト・ロート(一八三三～九二、ザクセン軍医監)について衛生学を研究する。五ヶ月滞在。

一八八六(明治19)年　二十四歳
三月、南のミュンヘンに移る。マックス・ヨーゼフ・フォン・ペッテンコーファー(一八一八～一九〇一、ミュンヘン大学教授)の指導を受ける。一年一ヶ月滞在。

一八八七(明治20)年　二十五歳
四月、ベルリンへ移る。ハインリッヒ・ヘルマン・ローベルト・コッホ(一八四三～一九一〇、細菌学者)の指導を受ける。一年二ヶ月滞在。

一八八八(明治21)年　二十六歳
七月、ベルリン発。九月、横浜港に帰着。

留学生活は四年、感性豊かな二十代前半の体験である。おそらくそれは、日本の近代の一つの時期、西欧化の始まりからその成熟までの過程を凝縮したような、濃密な期間だったのであろう。学ぶこと、探求すること、危機を受け止めること、それを自己の体験に高めること、そうしたドラマがこの四年間に体験されるわけである。

かつて、佐藤春夫は『近代日本文学の展望』（講談社、一九五〇年七月）の「森鷗外のロマンティシズム」の章で、次のように述べた。

> 逍遙や四迷の文学が同時代の後期の文学に影響感化を及ぼした程度を計量してこれを森鷗外のそれと比較してみる時、自分は自分の見解によつて明治十七年、若い陸軍二等軍医として戦陣医学と衛生学との研究のためにドイツに渡つた鷗外森林太郎の洋行の事実を近代日本文学の紀元としたいと思ふ。

坪内逍遙（一八五九〜一九三五、鷗外より三歳年長）や二葉亭四迷（一八六四〜一九〇九、鷗外より二歳年下）の重要性を認めながらも、この四年間に凝縮された営為にこそ、近代化のなかに浮かび上がる日本の近代文学の諸問題や特性が示されていると、佐藤春夫は考えたのである。数多くの文学者が以後抱えることになる課題を、この時期の鷗外は一身に体現している、というわけである。

ライプチヒの日々

留学生活の最初は、ベルリンから南南西一五〇キロのライプチヒで始まる。ライプチヒ大学での学びと研究生活を支えてくれたのはホフマン教授で、「大学の衛生部」で研究生活を開始し、下宿に帰れば英語を家庭教師に学び、夜はドイツの詩人の詩集をひもとくという日課が、「独逸日記」からうかがえる。「ホフマン師に招かる」という記述も見え、一時帰国していた旧師エルウィン・フォン・ベルツ(一八四九〜一九一三)も、林太郎の研究室を訪ねている。

小堀桂一郎は、『若き日の森鷗外』(東京大学出版会、一九六九年十月)で、この頃以降の愛読書として、パウル・ハイゼ、ヘルマン・クルツ共編の『ドイツ短篇集』全二十四巻を挙げている。「独逸日記」には「架上の洋書は已に百七十余巻の多きに至る」(一八八五年八月十三日の条)といった記述もあり、残された所蔵本には、多くの書き込みが見られる。近年、鷗外の旧蔵書や自筆ノートなどを集めた東京大学附属図書館蔵「鷗外文庫」のうち、そうした書き込みのある資料が、「鷗外文庫書入本画像データベース」として、インターネットで見られるようになった。

日本からの手紙

「独逸日記」には、ライプチヒにいた林太郎の元に、ドイツ各地から先輩や友人がたびたび訪れていたことが記されている。これはドイツに留学する若者が多かったこと、ドイツに代表される西欧の政治・社会・文化を、明治の日本が第一に手本にしていたことと、関係がある。そうした中で、「独逸日記」に時折、「家書到る」の四文字が見られることに注意したい。故郷日本の両親、弟妹からの便りである。それらは、他の知人から送られてきた書簡と一緒に、全四冊の大判ノートに貼り込まれ(封筒は廃棄された)、日本に持ち帰られた(全二百七十二通)。それらの貴重な資料を翻刻紹介したのが、『日本からの手紙 滞独時代森鷗外宛 1884〜1886』(文京区立森鷗外記念館、二〇一八年十一月)と、『日本からの手紙 滞独時代森鷗外宛 1886〜1888』(日本近代文学館、一九八三年四月)の二冊である。

長男森於菟のもとに伝わった前者の原本は、製本し直されて現在文京区立森鷗外記念館蔵、かつて弟潤三郎のもとにあった後者は、ミュンヘンで購入された大判ノートのまま、日本近代文学館に所蔵されている。後者よりはるかに遅れて、近年やっと前者の翻刻刊行が実現した。詳細な「人名索引」が付されており、ドイツの林太郎がどのような人脈のなかで過ごしていたかが理解できて貴重だ。

書簡の大半が、両親や弟篤次郎、妹喜美子からの便りである。喜美子の回想「次ぎの兄」(『森鷗外の系族』所収)には次のようにある。

お父様はいつも机に向つて叮嚀(ていねい)な字で、陸軍の事、お邸の事、病家の事、銀行の事までお書きになります。

「稽古のつもりで何でも書いてよこせ。」お兄い様の仰しやつたのをいい事にして、私は雁皮紙(がんぴし)へ細字で果もなく書きます。〔中略〕見聞いた事をやたらに書きました。

お兄いさん〔篤次郎〕も、学校の先生の事、お友達の話、お好きな古本の話、芝居の評、近所の噂迄さまざまで、芝居の評の細かいのは後の批評家だけあると思ひます。

はるか遠くに隔てられていても、家族の手紙は、林太郎への強い期待が伝わるものだったであろう。故郷の様子を思いながら、手紙をノートに貼っていく林太郎の姿がしのばれるが、懐かしい手蹟を見て返事を書いたと日記に書かれていても、現在ドイツから家族に宛てた書簡の現物は、なぜか一通も伝わらないのである。もしそれが残っていたらと、つくづく思う。が、林太郎からの書簡の概略は、林太郎宛の家族の手紙をよく読むと、ある程度推定される。

「日本兵食論」の執筆

この頃、林太郎は「日本兵食論大意」と題された論文を執筆(一八八五年十月十日脱稿)、石黒軍医監に送った。礎稿はドイツ語で書かれたこの論文で、日本人の食生活の向上を求めて先行研究を丹念に検証、米の消化吸収率や栄養素の緻密な調査をもとに、兵食においても米飯(白米)をやめて麦飯を採用する必要はないことを主張した。当時軍隊で問題となっていた脚気は病原菌によるものだというのが、林太郎の考えだった。これは結果的には誤りで、陸軍でも日露戦争後は、脚気対策として、新たに発見されたオリザニン(ビタミンB1)摂取のために麦飯採用に転換することになる。批判を免れえない点ではあるが、この時期の林太郎はドイツでの知見に基づいて医学者として探究を深めようとしていた。同じ時期には「日本家屋論」も執筆しており、公衆衛生と文化をつなげて論じることに力を注いでいた。

ロートのいるドレスデンへ

ライプチヒ時代に、林太郎は、たまたま当地に来ていたザクセン軍医監ロートと知り合い、その縁で、ザクセン軍団の負傷者運搬演習やドイツ第十二軍団の秋季演習を見学する機会を得た。一八八五(明治18)年十月十一日に、ロートのいる、さらに南のドレスデンに研究の場を移すことになる。「カシノ」(将校集会所)で過ごし、宮中舞踏会にも顔を出す自由な側面も見られたが、上司石黒忠悳からは、「軍陣之事は此一期にて大ていニ被成　真の衛生学の事尚御修めに成度希望仕候」(十一月十九日付書簡)と釘を刺されることとなった。

一方、晴れがましい体験もあった。一八八六(明治19)年二月十九日に、ロートに同道してベ

現地で意気投合した軍医とともに，ドレスデンのグスタフ・カルシュ写真館にて．1886年3月7日(文京区立森鷗外記念館蔵)

ルリンに赴き、プロシア軍医会に出席するが、翌日のホテルでの大集会で、ドイツ軍医総監ラウエルや、のちに師事するコッホらの前でスピーチをしたのである。「独逸日記」では、「久く独乙国の文物兵制を慕ひ、今夕の会頗る素懐に酬ゆ〔かねてからの願いが叶った〕との意を陳べたり」とある。アメリカの医者のドイツ語のスピーチに比べても引けを取らなかったものの、「胆力未だ足らざるなり」と振り返っている。同席の軍医正ミュルレル(東京医学校の校長だった人物)は立ち上がり、「大に余を賞讃し、衆に向ひて大音に是れ吾が養ひし所の学生なりと叫び、得意の色を顕はしたり」とも書かれている。ドイツ医学界で、「森林太郎あり」を示すこととなったエピソードである。なお、ロートから誕生日祝いに贈られた、ふた付きのビール杯が残されている。

「独逸日記」は次の研究拠点ミュンヘンに出発する前日、三月六日の夜のことを、長文の記述で詳細に伝える。林太郎はその夜、地学協会の「年祭」に招かれ、来日経験のある地質学者エドモンド・ナウマンが三百人以上の聴衆を前に、「日本」という題の講演をしたのを聞いた。

そして、その一方的なゆがんだ日本理解にたまらなくなったのである。婦人も多い会合の席、林太郎はじっと我慢していたが、「仏の曰く。女子には心なしと」と揶揄したナウマンに対し、皆の前で「〔仏教徒の〕余が貴婦人方を尊敬することの、決して耶蘇教徒に劣らさるを証せんと欲するのみ」と主張し、婦人方の支持を得たという。友人たちはその話を聞き、「故国の為に冤を雪ぎ讐を報じたり」と絶賛した。来るべき、ナウマンとの論争の幕開けだった。

ミュンヘンの豊かな日々

ミュンヘンという都会はドレスデンよりさらに南にある。林太郎は三月七日夜ドレスデンを発ち、八日昼前にミュンヘン中央駅に到着した。七日から九日は、ちょうど「謝肉祭」カルネ・ワレである。八日の夜は観劇をし、「中央会堂」で自ら仮面をつけ、舞踏会に臨んだ。仮面の少女に声をかけられ「酒を呼びて興を尽」し、名乗った少

友人と，ミュンヘンのヴェルナー写真館にて．1886年8月27日．左から岩佐新，原田直次郎，林太郎(文京区立森鷗外記念館蔵)

女を家まで送るが、ホテルに帰ってしまったという。すでに物語のような第一日だが、翌日からはロートの紹介状を持って、大学衛生部の所長で「広面大耳の白頭翁」なるペッテンコーファーを訪ね、この街での留学生活が始まることとなる。

新たな友人ができた。医学生の岩佐新（あらた）（一八六五～一九三八、明治天皇の侍医の子、鷗外より三歳年下）と、美術学校の留学生原田直次郎（一八六三～九九、鷗外より一歳年下）である。この二人、特に原田直次郎との交友が、ミュンヘン時代を思い出多いものにしている。彼らとともに経験した新しい文化的雰囲気や風土との出会いは、「独逸日記」に彩りを添えている。原田は、ガブリエル・フォン・マックスのもとで、ドイツの画学生ユリウス・エクステルらと画業に励んでいた。

林太郎は四月二十五日の日曜は、朝早くから医学生たちと汽車の旅をし、スタルンベルヒ湖やアンデックスに遊んだ。「村を過ぐること四五。路傍耶蘇磔柱の像多し。村民加特力（カトリック）教を奉ずるに因るなり」の印象は、のちに小説にも生かされることになる。六月六日の日曜は、助教エムメリヒとテエゲル湖（テガーンゼー湖）に遊ぶが、「湖上の光景を看るに、水天一碧、時に丘陵の眼界を遮るあり。近岸の処は流光水に漾（ただよ）ひ、一幅の書画の如くなり」と生き生きと描かれる。

その数日後、事件が起きる。「独逸日記」の記載を引こう。

十三日。夜加藤〔照磨〕岩佐とマクシミリアン街の酒店に入り、葡萄酒の杯を挙げ、興を尽して帰りぬ。翌日聞けば拝焉（バイエルン）国王此夜ウルム湖〔スタルンベルヒ湖のこと〕の水に溺れたりしなり。王はルウドキヒ第二世と呼ばる。久しく精神病を憂へたりき。〔中略〕十三日の夜王グツデン〔医師〕と湖畔を逍遥し、終（つい）に復（ま）た還らず。既にして王とグツデンとの屍を湖中に索め得たり。蓋し王の湖に投ずるや、グツデンはこれを救はんと欲して水に入り、死を共にせしものなるべし。

ババリヤ王ルートヴィヒ二世（一八四五〜八六）の事故死という出来事である。林太郎にとって、芸術を愛しノイシュヴァンシュタイン城を築いたこの国王の死は印象深く、二十七日には加藤・岩佐の両名とスタルンベルヒに二人を偲び、九月二日には友人三浦守治と再度遊び、二人を偲ぶ漢詩を作っている。漢詩に託すというところに、当時の林太郎の表現の位相がみられる。

原田直次郎と女性たち

この頃、原田には愛人があった。「独逸日記」八月十五日の条で、林太郎はそのことに言及し、カフェ・ミネルバの女給マリイ・フウベルの名を書き記す。かつて美術学校で知り合った才気ある大学教授の娘チェチリイ・ブッファとの付き合いもあり、原田は彼女に慕われていたが、原田はそれを避け、マリイと同棲していたのである。林太郎が「原田は素(も)と淡きこと水の如き人なり」と評する人物だが、なぜか原田はマリイと親しみ、八月三十一日には、マリイと一緒にオーストリアに近い山間のミッテルワルドに写生旅行に出かけたりするのだ。この景勝地は、遥かのち一九三六(昭和11)年、ヨーロッパ旅行中の横光利一も列車で通っており、帰国後『旅愁』第一篇(改造社、一九四〇年六月)の中で、「南ドイツの国境近くなつて来ると、牧場の花の中に直立してゐる岩石の上から氷河の流れ下つてゐる山脈が増して来た。全山貝殻の裏のやうな淡い七色の光りを放つた絶壁が浮雲に中断され、澄み渡つた空の中に聳えてゐる間を曲り曲つて行くのだつた」といった、印象的な描写を残している。

原田の女性関係を、林太郎はどう見ていたろうか。ミュンヘン時代の原田については、芳賀徹『絵画の領分——近代日本比較文化史研究』(朝日新聞社、一九八四年四月)の一章に詳しいが、その年の十一月ドイツを去る原田について、林太郎は次のように記す。

二十一日。〔中略〕夜ヲルフの旗亭に会す。原田直二(ママ)郎を送るなり。愛妾マリイも亦た侍す。原田の遺子を妊めり。

二十二日。午前七時十五分原田を送りて停車場に至る。原田は瑞西(スイス)を経て伊太利に赴き、仏蘭西より舟に上ると云ふ。

日本人留学生とドイツの女性との関係はさまざまであるが、身近にその様子を見た林太郎には、ある印象を与えたであろう。しかし、この時点では、自身のベルリン時代の女性関係など、まだ想像もできなかったのである。

新聞紙上でのナウマンとの論争

心に引っかかっていたナウマンへの反論が噴き出すのは、「日本家屋論」を書き終わった翌日の九月十四日のことで、この日から反駁の稿を起こしている。ミュンヘンの夏、研究生活も順調で、いろいろな点で野心が高まっていたことは、こうしたナウマン批判の論文をドイツ語で書き、ドイツの新聞に持ち込むという意欲的な挑戦を促す基盤になっていたろう。有力新聞アルゲマイネ・ツァイトゥング紙上での応酬の詳細は、小堀桂一郎『若き日の森鷗外』に両者の論の訳文とともに紹介されており、林太郎の論理戦略が理解できる。

ゆがんだ目で日本の習俗を見て講演をし、論文を書いたナウマンへの林太郎の反論は、「日本の実情」と訳せる題のついたドイツ語論文で、林太郎はペッテンコーファーの閲読を乞い、彼からの紹介状を添えて新聞の編集長に面談し提出した。その内容は、十分掲載に値するものだった。ナウマンは反論し、林太郎はさらに反論を書いた。ここで大切なことは、こうした作業を通して、彼が論争という場における戦略を磨くことになったということである。相手の矛盾を見抜き、どこに鉾先を向けると効果的かという理知的操作を体得したことである。これは、帰国後のさまざまな論争において、有効に働いたろう。そうした戦略を可能にする聡明さと強い意欲が発露したのが、このミュンヘン時代だったように思う。

ベルリンでの日々

夜行列車でミュンヘンを発った林太郎は、一八八七(明治20)年四月十六日、ベルリンに着いた。「独逸日記」はその後も林太郎の行動を伝えるが、記述は以前よりも事実のみを追うようになり、関係人名が羅列され、豊かな感懐は目立たなくなる。北里柴三郎(一八五三～一九三一)に付いて、ベルリン大学の「衛生部」(衛生学研究所)の所長コッホに会い、研究生活を始めることとなる。林太郎と北里とのその後の対立関係は、海堂尊(たける)『奏鳴曲 北里と鷗外』(文藝春秋、二〇二二年二月)に詳しい。

大学には私費留学生武島務(たけしまつとむ)三等軍医など留学生も多かった。留学資金の尽きた武島は軍医の職を離れるが、林太郎は支援することとなった。首都ベルリンに暮らす日本人の数は多く、「大和会」(日本人会)との付き合いも必要だった。五月二十九日に初めて「大和会」の例会に出席、そこで福島安正(やすまさ)大尉に会っている。「公使館附の士官にして、在独逸陸軍留学生取締の命を帯ぶ。余も亦取り締まらるる一人なり」とあるが、福島はのちに一八九二(明治25)年二月ベルリンを発ち、単騎シベリアを横断して翌年六月に日本に帰還し、壮挙と評された人物である。

ロンドン留学中の夏目漱石が暮らした五つの下宿はそれぞれ環境が全く異なり、生活の変化をたどることは興味深いが、同じことはベルリンの林太郎にも言えるだろう。第一の下宿(マリエン通り〈マリー街〉三十二、四月十八日〜六月十四日)、第二の下宿(クロスター通り〈クロステル街、僧房街〉九十七、六月十五日〜翌年三月三十一日)、第三の下宿(グローセ・プレジデンテン通り〈大首座街〉十、四月一日〜七月四日)の三つの下宿で、林太郎は過ごした。

中でも、長く住んだクロスター通りの下宿は、きらびやかな首都、輝かしい表通りとは違う空間だったようだ。

今の居は府の東隅所謂(いわゆる)古伯林(ベルリン)(旧市街)に近く、或は悪漢淫婦の巣窟なりといふものあれど、交を比隣に求むる意なければ、屑(せつ)とするに足らず(気にならない)。喜ぶ可きは、余が家の新築に係り、宏壮なることなり。

林太郎の姿勢は、ある意味で「守り」に入った感がある。その後は周囲の動きから距離を取り、自己の世界を保つことに精力が集中されたのではないか。林太郎のベルリン生活については、美留町義雄『鷗外のベルリン 交通・衛生・メディア』(水声社、二〇一〇年八月)の調査がある。

上司石黒への対応

しかし、公的世界は、否応なく林太郎の日々に入り込んでくる。その最大の出来事は、石黒忠悳がカールスルーエで開催の第四回国際赤十字会議と、ウィーンの第六回万国衛生デモグラフィー会議に日本代表として出席するためにやってきたことである。七月十七日以降、谷口謙と林太郎は、石黒の世話に忙しく挺身する。特に、カールスルーエでの会議で林太郎は、石黒の意向を流暢なドイツ語で代弁し、大きな役割を果たした。谷口からみると、そうした花やかな林太郎の活躍は、嫉妬の対象だったようだ。一八八八(明治21)年三月以降は、プロシア軍近衛歩兵第二連隊第一・第二大隊に勤務し、二つの兵営で病兵の世話をしながら「隊務日記」を書いた。

こうした外的な力に対して、どう対処するか。同じような、人間関係の中でどう自分の身を守るかという問題は、今後も続くことになる。その意味で、ベルリン時代にクラウゼヴィッツ(一七八〇～一八三一)の『戦争論』を読み、早川(田村)怡与造大尉に講義していたという事実は、見落とせない。「独逸日記」一月十八日の条に、「クラウゼヰッツは兵事哲学者とも謂ふ可き人なり。其書文旨深邃、独逸留学の日本将校等能く之を解すること莫し。是より早川の為めに講筵を開くこと毎週二回」とある。のちの小倉左遷時代に『戦論』の題で一部翻訳を試みた文献だが、この大部な著作を、この時期の林太郎はどのくらい読みこなしていたろうか。

「日東十客」の面々，マルセイユのシュリ・ルソー写真館にて．1884年10月8日．1列目左から隈川，萩原，穂積，片山，2列目左から宮崎，林太郎，長与，田中，飯盛，丹波．（文京区立森鷗外記念館蔵）

稲垣達郎「鷗外と「純抗抵」」（『稲垣達郎学藝文集』二所収、筑摩書房、一九八二年四月、初出一九三九年）は、この問題を詳細に分析している。純然たる抵抗は絶対的受け身ではなく、力を節約して相手を疲れさせるためのもので、消極を通しての積極の勝利だとする内容を、林太郎がこの時期見据えていたのではないかと稲垣は論じた。上司石黒とその先に広がる、自分を飲み込もうとする大きな力に対して、林太郎のとった姿勢が、「純抗抵」と言えるわけだ。林太郎はそのことを感じつつ、『戦争論』について早川に話していたというのである。そしてそれは、他者に語りつつ自分自身にも言い聞かせていたのだろう。

帰国の途へ

近衛歩兵第二連隊での隊務を終え、帰国の途についたのは、一八八八(明治21)年七月五日である。一緒に帰国する上司石黒との、気詰まりな長旅であった。ベルリンからアムステルダムを経て、船でロンドンに向かい十日滞在、パリにも八日滞在してマルセイユに到着、七月二十九日にフランス船アヴァ号に乗船、日本に向かった。漢文で書かれた「還東日乗」は、ベルリンから東京までの行程を記しただけのそっけない文献となり、語られずとも林太郎の心情を伝えている。

マルセイユ出発の前日、オテル・ジュネーヴに着いた林太郎は、壁に一枚の写真を見つける。四年前、これから留学生活を始めようという十名が西洋の地を初めて踏んだときに、皆で写した写真だ。「余等堂々七尺軀。徒使髯奴為奇禽異獣之観。悲慨何堪」と書き記し、感慨にひたる林太郎の心情は、どういうものだったろうか。「日東十客」は「航西日記」に出てくる言葉だったが、これから西洋滞在しようとする得意気な面々の姿は、今は野蛮な珍獣としかみえず、惨めな印象で迫ってきたろう。悲喜こもごも、多感な四年間が、浮かび上がる瞬間である。

II

鷗外への変貌

——創作と軍務

4　ドイツ三部作——エリーゼ事件と最初の結婚

エリーゼ・ヴィーゲルトの来日

ベルリン時代を考えるとき、林太郎が一人のドイツ人女性と交渉していたという事実を、忘れるわけにはいかない。林太郎が横浜に着いたわずか四日後の、一八八八(明治21)年九月十二日、林太郎を追って、一人の女性が横浜に着いたからである。ブレーメンからドイツ船でやってきた女性の名はエリーゼ・マリー・カロリーネ・ヴィーゲルト、一八六六年九月十五日生まれで、当時二十一歳だった。ベルリンでの体験をもとに、林太郎はのちに小説を書くことになる。そのヒロインのモデルを探す作業を多くの研究者が試みていたものの、女性に関する原資料を突き止めた六草(ろくそう)いちか『鷗外の恋　舞姫エリスの真実』(講談社、二〇一一年三月)、『それからのエリス　いま明らかになる鷗外「舞姫」の面影』(同、二〇一三年九月)の出現によって、モデルはようやく確定するに至った。

この女性との交渉について、林太郎は帰国まで日本の家族には知らせていなかった。残された関連資料としては、帰国の途につく過程で石黒忠悳が林太郎とのやり取りを記した「石黒日記」があるだけである。そのうち、この問題の時期の部分を閲読し翻字した竹盛天雄（たけもりてんゆう）「石黒忠悳日記抄」（岩波書店版『鷗外全集』月報36〜38、一九七五年三月、四月、六月）は、林太郎自身が記さなかった隠された部分を伝えてくれる。

○〔オランダに向かう〕車中森ト其情人ノ事ヲ語リ為ニ愴然タリ後互ニ語ナクシテ仮眠ニ入ル（七月五日の条）
○〔パリ滞在の〕今夕多木子〔林太郎のこと〕報曰其情人ブレメンヨリ独乙船にて本邦ニ赴キタリトノ報アリタリト（七月二十七日の条）

女性と縁を切れなかったこと、あるいは女性を日本に向かわせたことを、林太郎が上司石黒に話したことを伝える資料だ。帰国の途が重苦しいものであったことが、これらの記述から想像できる。実は林太郎は、後から追ってくる女性に手渡してもらうよう、ドイツ語の小説集を、寄港地コロンボで人に託してもいたのである。「船旅で読むものがなくなったときにお読みな

エリーゼゆかりのモノグラム

さい、どちらかといえば読む必要がないけれども」という内容の、女性に向けての独文の言葉が、東京大学の「鷗外文庫」に存在する一冊の本の扉に書き込まれているという（中井義幸『鷗外留学始末』岩波書店、一九九九年七月）。

　エリーゼは築地精養軒に宿泊し、十月十七日に帰国の途につく。このひと月あまり、森家では親族会議を開くなど対応に苦慮した。妹喜美子の回想「兄の帰朝」（『鷗外の思ひ出』所収）もあるが、記憶が正確でない。その後、実際にエリーゼに会い、森家の様子を伝え、帰国するよう説得にあたった喜美子の夫、小金井良精の日記が、星新一『祖父・小金井良精の記』（河出書房新社、一九七四年二月）で紹介されて、緊迫の背景もうかがえるようになった。軍人の外国人女性との結婚という前例が全く無いわけではないが、それが林太郎の将来にとって妨げとなることは、森家ではわかっていたろう。

　エリーゼは、林太郎への愛情を示したものとして、林太郎の頭文字「ＲＭ」の文字を組み合わせたモノグラムの、刺繡のための型板を残した。林太郎が生涯持ち続けた記念の品が、二人のつながりを語っている。

啓蒙活動の開始

帰朝後の林太郎は、陸軍軍医学舎教官（九月八日から）、陸軍大学校教官（十一月二十二日から）、陸軍軍医学校教官兼陸軍大学校教官および陸軍衛生会議事務官（十二月二十七日から）などの役をこなしながら、医学論文を発表、ドイツでの体験を踏まえた啓蒙活動に入った。その拠点が、『陸軍軍医学会雑誌』『東京医事新誌』『衛生新誌』などの雑誌である。

『東京医事新誌』では誌面の刷新をおこない、主筆として活躍するが、第一回医学会開催について保守系の先人たちと対立、十一月に主筆の座を追われ、十二月にはみずから『医事新論』を創刊した。「敢て天下の医士に告く」という発刊の言葉に、「「医事新論」とは何ぞや実験的医学をして我邦に普及せしめんの目的にて興れる一雑誌なり」と述べた。四年間の体験に立脚する自負がうかがえる。日本の医学界においても、意見の違う人間が多いことを認識したに違いない。

赤松登志子との結婚

十月十七日にエリーゼが帰国の船に乗り、問題が一段落してすぐの週末には、森家では林太郎の結婚話を急ぎ、母峰子が西周家を訪ねている。相手は、海軍中将男爵赤松則良の長女登志子（一八七一〜一九〇〇、結婚当時十七歳）で、一部では帰朝以前から話が出ていたという。進めたのは西周で、媒酌は代理として西の遠縁の宮内広が務めた。そのことは、石黒忠悳にも伝えられた。

二人の結婚は一八八九（明治22）年二月二十四日、新居は下谷根岸金杉百二十二の借家で、五月には上野花園町十一（現、台東区池之端三―三―二一。現在は「水月ホテル鷗外荘」が建っている）の赤松家の持ち家に移った。二階もあり、登志子の二人の妹勝子と曽代子（於菟の著書には、登久子と加津子とある）、鷗外の弟篤次郎と潤三郎も同居した。不忍池も望める閑静な家であった。

林太郎がこの結婚をどのように考えていたか、その真相はわからない。わかっているのは、こうした結婚までの、必ずしも気の進まない動きと、医学関係の精力的な啓蒙活動とが背中合わせになっていることである。自身の個人的な部分に対する外部からの圧力に抗うように、啓蒙活動のエネルギーが高まっていたと言ってよい。

文学分野での啓蒙活動

赤松登志子との結婚の少し前、林太郎は読売新聞の一八八九年一月三日号の「附録」に、「小説論」を発表した。副題に、「（Cfr. Rudolph von Gottschall, Studien.）」とあるように、クロード・ベルナールの『実験医学序説』の影響を受けたエミール・ゾラの作品が「分析、解剖」

によることを取り上げ、「分析、解剖の成績は作家の良材なり之を運転使用するの活法は独り覚悟(「イントユイシヨン」)に依て得べきのみ」とした。ドイツの作家ゴットシャルの説の紹介だが、こうした科学的な視点をいち早く紹介している点に、「医学士森林太郎」の名で書かれたこの短い紹介文の位相がある。

また同日から、林太郎は弟篤次郎と、「鷗外漁史・三木竹二」共訳として、スペインのカルデロンの作品を「音調高洋筝一曲」の題で、読売新聞に断続連載した(一月三日～二月十四日、全十二回)。「鷗外漁史」の名が使われた最初で、岩波書店版『鷗外全集』第一巻の巻頭に収録された最初の文学的業績である。その後も、二人の連名の翻訳は、読売新聞紙上で、「緑葉の歎」(ドーデ原作、二月二十二日)、「玉を懐て罪あり」(ホフマン原作、三月五日～七月二十一日、全十三回)と続く。翻訳ではないが、未完の脚本「女歌舞伎操一舞」(十一月五日)も連名で書かれた。本書の記述でも、「森林太郎」の名を、そろそろ「森鷗外」に変えることにしよう。

新声社の結成と「於母影」

軍医としての勤務と前向きになれない新婚生活の中でのわずかな楽しみは、親しい友人たちとの文学の会合であろう。六月頃から篤次郎、喜美子、市村瓚次郎、井上通泰、落合直文らが集まり、共同の翻訳作業を試みていた。彼らは新声社(S. S. S.)同人と名乗り、徳富蘇峰のすすめで、成果は八月二日に訳詩集「於母影」(『国民之友』第五十八号夏期附録)として発表された。イギリス四篇、ドイツ十一篇の原作及び『平家物語』と明の高青邱の詩各一篇、総計十七篇の作品を、さまざまな方法で翻訳した業績である。鷗外の仲間の多くは二十代で、集まりは和気藹々、時には朝方まで続いたこともあるという。

訳詩は原作の「意義」を踏まえたもの(意)、「意義」と「字句」を踏まえたもの(句)、「意義」及び「韻法」を踏まえたもの(韻)、「意義」「字句」「平仄韻法」を踏まえたもの(調)と四種に区別され、和文あり、漢詩形ありと、いかにも実験的な、翻訳詩歌の万華鏡となっている。最近、そうした共同作業の過程での、字句の推敲の実態を示す資料が確認された。落合直文の鷗外宛書簡(七月二十日付)は、「夜もすから御さまたけいたしまことに失敬」としつつ、「マンフレット一節」の中で「ふるへしめむ」とした一節は語法から言って「ふるはしめむ」とする方がいいのではと提案している(『森鷗外宛書簡集』3、文京区立森鷗外記念館、二〇二一年一月)。皆で知恵を出し合うという雰囲気が、伝わってくるようだ。

どの訳詩が誰の担当であるかは、市村瓚次郎の談話「新声社の頃」(『新小説』臨時増刊「文豪鷗外森林太郎」一九二二年八月)など、さまざまな資料や回想によって記述が異なり定かではないが、鷗外が全体のまとめ役として活躍したことはたしかであろう。とりわけ、多くの青年に影響を与えた名翻訳は、鷗外の手か、鷗外の修訂を経て決定稿になったと思われる。三番目に置かれている「ミニヨンの歌」は、ゲーテの『ヴィルヘルム・マイスターの修業時代』第三巻冒頭の、少女ミニヨンの歌う歌で、小金井喜美子訳とされてきたが、最終的には鷗外の手が入っていると思われる。

「レモン」の木は花さきくらき林の中に
こがね色したる柑子は枝もたわゝにみのり
青く晴れし空よりしづやかに風吹き
「ミルテ」の木はしづかに「ラウレル」の木は高く
くもにそびえて立てる国をしるやかなたへ
君と共にゆかまし

（第一連「其一」）

「6・4・7・3」という音数は独特だが、これまでの近代詩にない不思議なリズムを生み出す。「於母影」の影響を強く受けたのは、当時二十歳前後の北村透谷・島崎藤村・蒲原有明らの世代である。のちに詩人となった有明の回想『飛雲抄』（書物展望社、一九三八年十二月）所収の「創始期の詩壇」（初出一九〇七年）には、外山正一ら訳『新体詩抄 初編』（丸屋善七、一八八二年八月）は物足りなかったが、「於母影」については「その翻訳に適応せしむべき詩体の変化にも

『国民之友』所載の「於母影」扉絵，原田直次郎筆

細心の注意が行き届いてゐる。伝統の風格も活かされてゐるし、新味を出す語句の遣ひざまにもきつとした整調が保たれてゐる。〔中略〕ゲエテの「ミニヨンの歌」に至る時、誰しもその妙技を讃嘆せぬものはなかろう。わたくしはこれを以てわが邦に於ける訳詩の白眉とするに躊躇しない」とまで記した。

遠い異国の「かなたへ」「ゆかまし」というのは、この詩を読んだ当時の読者の思いそのものでもあったのである。雑誌の扉の絵（原田直次郎筆）には子どもたちの姿が描かれ、読者の気持を高めたに違いない。

集中、人口に膾炙した一篇に、「オフエリヤの歌」がある。シェイクスピア『ハムレット』第四幕第五場で、オフェリアが狂気の中で歌う歌である。

いづれを君が恋人と
わきて知るべきすべやある

貝の冠とつく杖と
はける靴とぞしるしなる

（第一連）

『ハムレット』は有名な作品だが、全訳されたのは明治末である。それまでは、こうした一節が訳されて、多くの若者の口に上っていたのである。雑誌『文学界』の仲間が集ったとき、みんなでこの歌を朗読したようで、島崎藤村は『春』（自費出版、一九〇八年十月）の「五」で皆が歌うシーンを描くとき、原文と共に、この「於母影」訳を添えている。鷗外訳と思われるこの一篇では、7・5の定型とともに、「と」「ある」「なる」の脚韻など、詩の内在的な音楽性も意識されている。

雑誌『しがらみ草紙』の発刊

「於母影」の印税をもとに、鷗外は新たな文学活動を起こす。一八八九（明治22）年十月の、新声社を発行所とする雑誌『しがらみ草紙』（「柵草紙」とも表記）の発刊である。誌名に、「文学評論」の四文字を角書きとして載せ、鷗外は批評活動は「森林太郎」、文学上の創作活動は「鷗外漁史」の署名を使い分けながら執筆する。創刊号巻頭の「『しがらみ草紙』の本領を論ず」は、「S. S. S.」という署名だが、もちろん鷗外筆である。

「西学(せいがく)の東漸するや、初(はじめ)その物を伝へてその心を伝へず。学は則(すなわち)格物窮理、術は則方技兵法、世を挙げて西人の機智の民たるを知りて、その徳義の民たるを知らず。況(いわん)やその風雅の民たるをや」と書き出し、「物」中心の移入ではなく「心」を受け入れる必要性を指摘、「風雅」を知るための「批評」の意味を説いている。

> 今の詩文を言はんと欲するものは、邦人の歌論と支那人の詩論文則とにのみ拠(よ)るべきにあらず。西欧文学者が審美学の基址(きし)の上に築き起したる詩学を以て準縄(じゅんじょう)となすことの止むべからざるを知ればなり。〔中略〕余等がしがらみ草紙の発行を企てしも、亦聊(いささか)審美的の眼を以て、天下の文章を評論し、その真贋(しんがん)を較明し、工窳(こうゆ)を披剝(ひはく)して〔優劣を明らかにして〕、以て自然の力を助け、蕩清〔きれいに洗い清める〕の功を速(すみやか)にせんと欲するなり。

しっかりとした「審美学」（美学）を基準として芸術を「批評」することが必要、という主張は力強く、戦闘的啓蒙を志向するこの雑誌の中核になっている。注意すべきは、こうした評論とともに、レッシングの戯曲「折薔薇」の翻訳のような創作活動を並行して誌面に載せていることである。「森林太郎」と「鷗外漁史」は、表裏一体として活動するのである。

ドイツ三部作の執筆

一八九〇（明治23）年も重要な年である。二十八歳となったこの時期、鷗外は、自身のドイツ留学に材を取った三つの小説を執筆した。「舞姫」「うたかたの記」「文（ふみ）づかひ」の三作である。のちに『改訂水沫（みなわ）集』（春陽堂、一九〇六年五月）の「序」で、次のような自作解説が書かれた。

> うたかたの記。篇中人物の口にせる美術談と共に、いと稚き作なり。多くこれに資料を供せし友人原田直次郎氏は、谷中墓地の苔の下に眠れり。
> 舞姫。小なる人物の小なる生涯の小なる旅路の一里塚なるべし。
> 文づかひ。索遜（ザクセン）国機動演習の記念なり。うたかたの記はMuenchen（ミュンヘン），舞姫はBerlin（ベルリン），これはDresden（ドレスデン）を話説の地盤とす。わが留学やや長く淹留せしは此三都会なりき。

もう一つの滞在地ライプチヒを舞台とする作品は、書かれなかった。注意すべきは、いずれもその地に滞在してから数年後に作品化されていること、「舞姫」などは、エリーゼ問題が解決して一年以上経ってから作品が書かれたという事実である。その時間差は何を意味するのか。

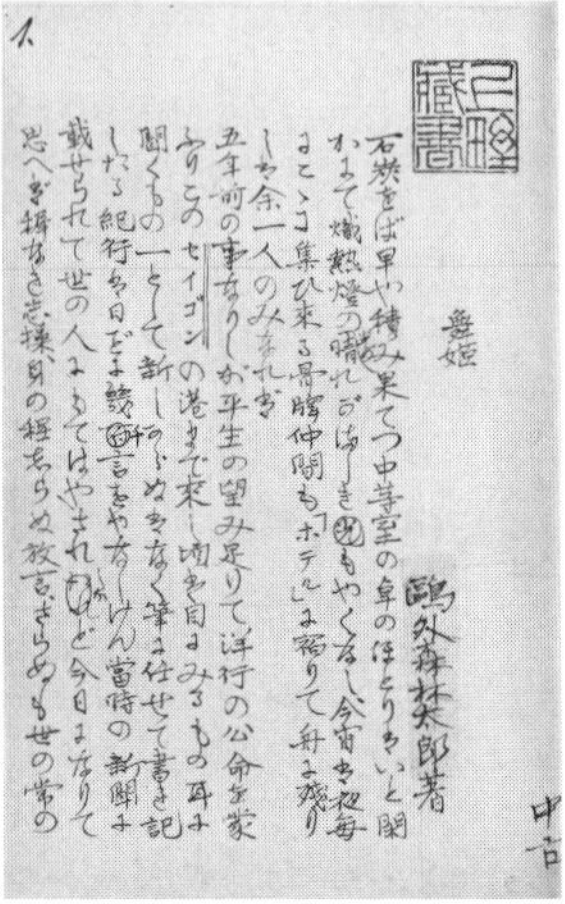

「舞姫」原稿冒頭(跡見学園女子大学蔵，株式会社コウ写真工房撮影)

「舞姫」の世界

「舞姫」は、一八九〇(明治23)年一月三日発行の『国民之友』第六十九号の附録「藻塩草」欄に、鷗外の最初に発表された小説として掲載された。自筆原稿(現在、跡見学園女子大学蔵)の署名は最初「鷗外漁史」と書いた上から、小さな紙片を貼って「鷗外森林太郎」とされている。本名「森林太郎」でもなく、これまで文学活動のとき用いていた「鷗外漁史」でもなく、それらを融合し、新たな意識を持った署名として提出されているのである。徳富蘇峰の民友社が出していた『国民之友』は評論中心の雑誌だが、正月号の附録として小説の新作を、当時の力のある作家に依頼し、前年一八八九(明治22)年一月には、坪内逍遥「細君」、山田美妙「蝴蝶」などの話題作を世に出した。「於母影」の評判を知った蘇峰は、今度は鷗外にと考えたのであろう。半紙二十八枚に墨で書かれた自筆原稿を見ると、鷗外は狂いのない文字で、初出本文と完全に同一ではないが、誌面の字数に合わせた字配りで書いている。

父を早くに失った主人公の太田豊太郎は、優秀な成績で大学法学部を卒業、「某省」に勤めるが、母を置いて二十二歳(満二十一歳)の若さでベルリンに留学、三年経つうちに、西洋の自由な雰囲気に影響され、「奥深く潜みたりしまことの我」に気づく。その頃踊子エリスと知り合い、離れ難き仲となる。それが上司に知られ、官職を解かれるが、友人相沢謙吉の世話で新聞社の通信員となって生活する。折から、天方伯(大臣)が来訪、相沢のすすめによりその下で働くようになった彼は、天方とともに帰国する手筈を整える。妊娠していたエリスは豊太郎の裏切りを知って発狂、それでも豊太郎はエリスを残して帰国してしまう。そうした経緯を、帰国途中のサイゴン停泊中の一夜、豊太郎が「余」という一人称で、「その概略を文に綴りて見む」として書いた手記、という体裁をとった作品である。

こうして梗概をまとめてみると、たしかに鷗外のドイツ体験に関係する事項も見られはする。しかし、単純に「舞姫」を、鷗外の経歴を踏まえた自伝的小説で、エリスのモデルが存在した、と言ってしまうのは、早計であろう。「舞姫」は虚構の小説であり、事実との違いを見据えながら、どのように造型されているかを考える必要があるのではないか。長い船旅の中で、サイゴンはたしかに西洋と日本の境界として、象徴的な位置にある。ベルリンの日々を思い起こし、感慨を綴るには格好の、最適の場所である。そうした設定自体、作られたものであり、読者は「東に還る今の我は、西に航せし昔の我ならず」と嚙みしめる豊太郎の苦渋の心情に寄り添って、事件をたどるのである。「舟に残りしは余一人のみ」といっても、この物語が一晩で書き記せるだろうか。夏目漱石の『こゝろ』（岩波書店、一九一四年九月）が、長い遺書の形で複雑な過去を記すという難しい設定であるのと同じように、現実とは違う物語内の時間の流れを体験しつつ、読者は主人公の今の姿を読むのである。

作品は、「石炭をば早や積み果てつ」という、簡潔で直截な一文から始まる。近代の小説に「石炭」が登場するのも象徴的で、そうした当時の近代化のシンボル（タイタニック号も燃料は石炭だった）が、文語文のなかでバランスをとって置かれている姿は印象的だ。「浮世のうきふし」「人知れぬ恨」といった現実をやや感覚的に捉えるような説明のなかに、「われとわが心さへ変り易き」を知った思いが記される。「変り易き」心というのは、漱石が生涯追いかけた命題であり、まさに近代小説の重大なテーマだ。そうしたものが見え隠れしながら、作品は進行する。

「舞姫」の問題点

それにしても、「舞姫」のポイントの箇所には、やや図式的、観念的な言葉遣いが見られるように思う。

かくて三年ばかりは夢の如くにたちしが、時来れば包みても包みがたきは人の好尚なるらむ、余は父の遺言を守り、母の教に従ひ、人の神童なりなど褒むるが嬉しさに怠らず学

び し時より、官長の善き働き手を得たりと奨ますが喜ばしさにたゆみなく勤めし時まで、たゞ所動的、器械的の人物になりて自ら悟らざりしが、今二十五歳になりて、既に久しくこの自由なる大学の風にあたりたればにや、心の中なにとなく妥ならず、奥深く潜みたりしまことの我は、やうやく表にあらはれて、きのふまでの我ならぬ我を攻むるに似たり。余は我身の今の世に雄飛すべき政治家になるにも宜しからず、また善く法典を諳じて獄を断ずる法律家になるにもふさはしからざるを悟りたりと思ひぬ。

「きのふまでの我ならぬ我」（にせものの「我」）と「まことの我」の対照は明瞭だが、ここでいう「我」とはなんだろう。「自我」という言葉も思い出され、昔から「自我の確立」が近代という時代だ、と言われてきたことに考えが及ぶ。が、実はそうした「我」こそが、「変り易き」ものではなかったか。とすれば、「自我の確立」とは、ある意味で言語矛盾だとも言える。「母」「官長」の期待と、「自由」な我は、時としてぶつかり合う。豊太郎は、ベルリンで初めてそうした体験をしたのである。

それに対し、エリスの登場は、作中でどのように描かれ、意味付けられているのか。

或る日の夕暮なりしが、余は獣苑を漫歩して、ウンテル、デン、リンデンを過ぎ、我が

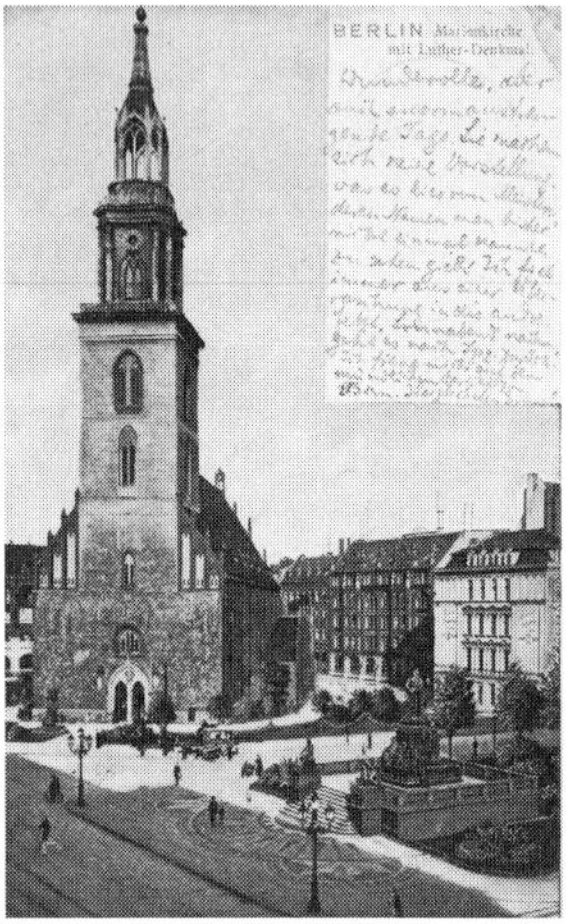

「ベルリンの古寺」，クロスター通りの聖マリエン教会（1906年の絵はがき）

モンビシユウ街の僑居に帰らんと、クロステル巷の古寺の前に来ぬ。〔中略〕
今この処を過ぎんとするとき、鎖したる寺門の扉に倚りて、声を呑みつゝ泣くひとりの少女あるを見たり。年は十六七なるべし。被りし巾を洩れたる髪の色は、薄きこがね色にて、着たる衣は垢つき汚れたりとも見えず。我足音に驚かされてみかへりたる面、余に小説家の筆なければこれを写すべくもあらず。この青く清らにて物問ひたげに愁を含める目の、半ば露を宿せる長き睫毛に掩はれたるは、何故に一顧したるのみにて、用心深き我心の底までは徹したるか。

ベルリンの表通りではなく、入り組んだ陋巷での出会いであり、だからこそ、この少女の表情は浮き立つのだ。「清らにて物問ひたげに愁を含める目」の表現は、鷗外の生涯において、のちの『雁』のヒロインにまでつながる、女性形象の極北として重要である。「狭く薄暗き巷」とあるので、本来ならよく認識できないはずだ。が、想像の世界ではそう見える。美化されることが多い回想の文章なら、なおさらである。

林太郎を追いかけてきたエリーゼは踊り子でないし、年齢も違っている。風貌もどうやら違うようだ。恋人を妊娠させているのに日本人の男が帰国してしまうというのは、ミュンヘンでの原田直次郎の体験である。事実と作品との距離は、このようにかなり大きいと言わねばならない。だから、作中のエリスは、この物語の中でしか生きられないのだ。そう設定されているのだ。実際の体験を作品世界という宇宙に閉じ込めることこそ、鷗外の目論見だったように思う。そのためには、執筆者の立ち位置を、たしかなものにする必要がある。そのために、ある程度の時間が必要だったのではないか。

ここで思い出すのは、この作品に対する家族の反応である。小金井喜美子「森於菟に」（『文学』一九三六年六月）によると、発表前年の年末に、喜美子が千住の家に寄ると、篤次郎が鷗外が書き上げた作品を持参しており、皆に読んで聞かせてくれたとのことである。「勧進帳もどきで」読まれたようで、「だんだん進む中、読む人も情に迫つて涙声になります。聞いてゐる人達も、皆それぞれ思ふ事はちがつても、記憶が新らしいのと、其文章に魅せられて鼻を頻（しきり）にかみました」ということだ。「今迄の何か心の底にあつたこだはりがとれて、皆ほんとに喜んだのでした」ともあるが、鷗外は家族への説明、そうしたなんらかの決算、いわば現実的な目的のためにこの作品を執筆したのではないだろう。文体の裏に潜む問題、書けば書くほど問題が自分に戻ってくるという現実を一番知っていたのは鷗外であり、「書くこと」を自分に課し、混沌とした世界を引き受ける責任を意識したことで文学者「鷗外」という存在そのものになったのである。

「舞姫」論争の意味

エリーゼ問題については、当時その詳細は世の中に知られていなかったはずだが、作品「舞姫」は誰が見ても新年の力作であり、多くの批評が書かれている。一月二十五日発行の『しがらみ草紙』第四号も、山口虎太郎「舞姫細評」、謫天情仙（野口寧斎）「舞姫を読みて」を載せたが、鷗外の目に留まったのは、「気取半之丞」署名の「舞姫」（『国民之友』二月三日）の一文だった。これは石橋忍月による批評で、「著者は主人公の人物を説明するに於て頗る前後矛盾の筆を用ゐたり」として人物造型の問題点を指摘した。鷗外は四月二十五日発行の『しがらみ草紙』第七号に、「相沢謙吉」署名で長文の「気取半之丞に与ふる書」を書き、逐一反論する。その後も応酬があり、一連の「舞姫」論争を形成することとなる。レッシングの理論を基盤にする忍月を、好敵手と考えたのである。

忍月の批判は比較的軽いものだったが、ここぞとばかり筆鋒を加えるのが鷗外だ。小説の作品造型においては、完璧はない。ただ、その点を問題にされると、最大限の弁明をするというところに、鷗外の立場があった。この後の文学論争においても同じである。

「うたかたの記」のロマンチシズム

この年の六月に陸軍二等軍医正（少佐相当官）となり、ふたたび陸軍軍医学校教官ともなっていた鷗外は、八月二十五日発行の『しがらみ草紙』第十一号の巻頭に、「うたかたの記」という小説を発表する。「鷗外作」と署名がある。「舞姫」よりも先に書かれたとも言われるが、真偽は定かではない。

留学中の日本人の画家巨勢（こせ）が友人エキステルと、ミュンヘンのカフェに入ると、そこには画学生たちと、十七、八歳のモデルのマリイがいた。巨勢は六年前の謝肉祭の折、困っていたすみれ売りを助けたことがあると話すと、マリイは、それは私だと打ち明ける。思い出の少女を描こうとする巨勢とマリイは親しくなり、スタルンベルヒ湖上に遊ぶが、折から国王と侍医が湖畔に出ていた。かつて恋したマリイの母の面影を少女に見た国王は思わず湖水に入ってしまい溺れ、マリイも湖に落ち、その後亡くなってしまう。

鷗外自身のミュンヘン体験と、実際にあったルートヴィヒ二世の溺死事件をからませて、一つの物語にしたことは、のちの談話「鷗外漁史が『うたかたの記』『舞姫』『文つかひ』の由来及び逸話」（『新著月刊』一八九七年十一月）からもうかがえる。この作品は原田直次郎を念頭に置いたが、「モデルになつた娘は何も拠りどころはありません」と話していることからも理解できる。たしかに「独逸日記」によるとマリイは原田の愛人の名だが、いろいろな設定は、いかにも虚構の物語である。それだけロマン性が高いわけだ。「舞姫」に見られた「まことの我」の発見といったような図式的な概念は、ここには見られない。

マリイの人間像は、「女神バワリヤに似たり」と描かれるように「威厳」があり、その言は「狂人」のような趣である。しかし、六年前の少女の面影が忘れられない巨勢にとって、マリイはあくまでも、巨勢の言うように、「そのおもての美しさ、濃き藍いろの目には、そこひ知らぬ憂(うれい)ありて、一たび顧みるときは人の腸(はらわた)を断たむとす」という存在であり続けなければならない。そうした宿命を持った芸術家の姿が、巨勢に投影されている。現実世界のあいまいさ、得体の知れなさを自分に引き受けることによって生じる内的ドラマの実態を、「狂気」と呼んだのである。危機的状況のなかで、精神のバランスをとろうとする心情を、「狂気」という言葉と共に造型しようとしたのである。

鷗外は、この「狂」に駆られた、純粋の感情のほとばしりを、マリイの言葉でこう記す。

「〔上略〕されど人生いくばくもあらず。うれしとおもふ一弾指(いちだんし)の間に、口張りあけて笑はずは、後にくやしくおもふ日あらむ。」かくいひつゝ被(かぶ)りし帽を脱棄(ぬぎす)てゝ、こなたへふり向きたる顔は、大理石脈に熱血跳る如くにて、風に吹かるゝ金髪は、首打振りて長く嘶ゆる駿馬の鬣に似たりけり。「けふなり。けふなり。きのふありて何かせむ。あすも、あさても空しき名のみ、あだなる声のみ。」

「けふ」という一瞬に命をかけることの輝きを、鷗外は小説の世界で、マリイの死という事件を書くことと引き換えに、手に入れたかったのである。

登志子との離婚

一八九〇（明治23）年九月十三日に、長男が生まれた。西洋の人名を念頭に「於菟」と名付けられた。しかし、十月四日には、花園町の家に同居していた二人の弟と一緒に、鷗外は本郷区駒込千駄木町五十七番地の借家に移った。登志子との生活に耐えられなくなったためで、すぐさま森家では、赤松家や西周宅を訪ね、石黒忠悳も巻き込み、善後策を相談することになる。父静男は、於菟を他家に渡さないと主張、森家で育てることとし、結局十一月二十七日に正式に離婚の手続きをとった。この間の様子は、「西周日記」に詳しい。西の怒りは強く、先にも述べた通り、その後鷗外とは絶縁状態となった。

生涯その関係は修復されないままに、鷗外は西の没後、遺族の委嘱によって『西周伝』（私家版、一八九八年十一月)を執筆することになる。たしかに伝記的材料はたっぷり用意されていた。しかし、それを活かして一人の人物の生涯を描くには、ある情念が必要だ。『西周伝』は鷗外の自発的な表現意欲から生まれたものではなかったがゆえに、客観的で詳細である以上の力を持ち得なかった。

駒込千駄木町の家は、本郷台地の高台の太田の原の近辺にあり、周囲はまだ野趣に富んでいた。鷗外はここを「千朶山房」と名付け、一八九二(明治25)年一月まで住むことになる。幼い時期をここで過ごした於菟は後年、「太田の原の家」と呼んで振り返っている。この家は、のちに歴史家の斎藤阿具の持ち家となり、斎藤の留学中にはロンドン留学を終えた夏目漱石も借りて暮らした。ここで、漱石が『吾輩は猫である』(『ホトトギス』一九〇五年一月~一九〇六年八月)を書いたことは、よく知られている。震災や空襲で失われることなく、一九六四(昭和39)年に博物館明治村(愛知県犬山市)に移築されている。

「文づかひ」の執筆

年が変わり、一八九一(明治24)年一月二十八日に、鷗外は吉岡書籍店から『新著百種』第十二号として「文づかひ」を刊行した。署名は「鷗外漁史」であり、落合直文の序、原田直次郎の挿絵を添えている。その絵では、登場人物が鷗外の顔そっくりに描かれているのも面白い。

尾崎紅葉の作品から始まった『新著百種』シリーズに鷗外が起用されたのも、この頃の活躍から言って納得がいく。

　直しの少ない自筆原稿が完全に残っており(現在、大阪樟蔭女子大学蔵)、半紙二十四枚に墨書、表紙絵のプランも添えられている。字配りも、誌面に合わせたように思われる。

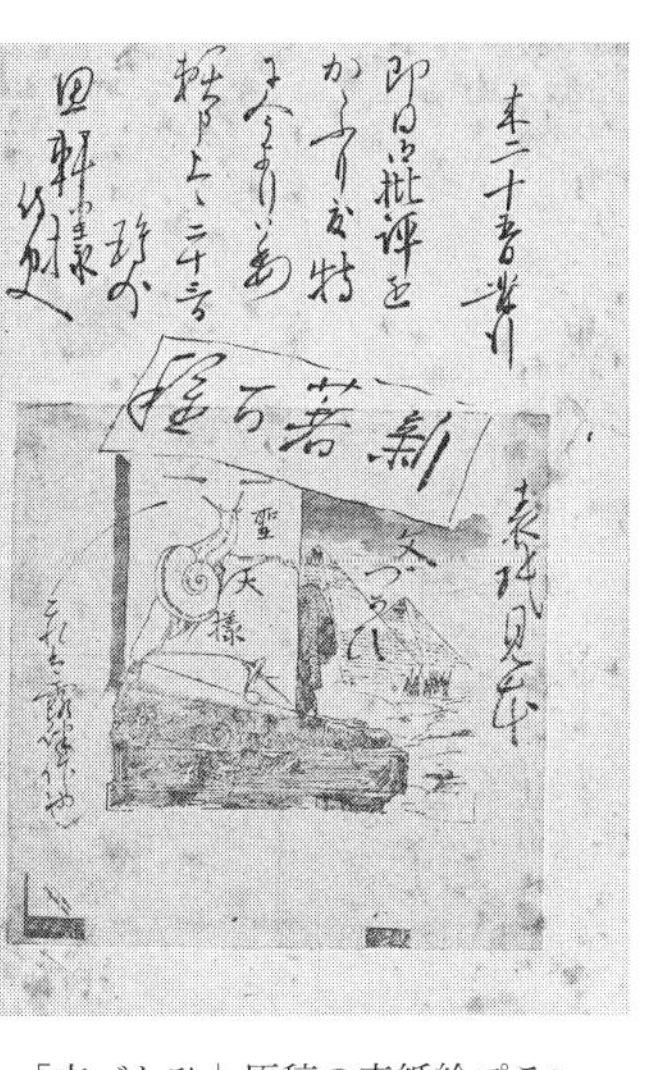

「文づかひ」原稿の表紙絵プラン

　陸軍士官小林は、ドイツの軍事演習を見学の折、デウベン城のビュロウ伯の娘イイダ姫と知り合う。イイダには許婚(いいなずけ)がいるが親しめず、伯母であるドレスデンの大臣夫人宛に気持を打ち明ける手紙を小林に託し、密かに渡してほしいと依頼する。その役を無事務めた小林はドレスデンの宮中でイイダと再会する。こうしたメインの話に、イイダに助けられた欠唇(みつくち)の少年が抱く姫への密かな思いのエピソードを配し、少年が笛を残して姿を消したことで、作品に余韻を持たせている。

　この作品についても、忍月と鷗外の間で論争があり、特にイイダの「年頃つきあひしすゑ、わが胸にうづみ火ほどのあたゝまりも出来(いでこ)ず」という、許婚を避ける心情が問題にされた。鷗外は弁明するが、心情描写よりも余韻を持たせるための設定が優先されていることは否めず、苦しい説明になっている。「独逸日記」にドレスデンでの体験は詳しく書かれているが、談話の中で「人物には真実（ほんとう）のは余りありません」と、人物形象には想像の度合いが多いことを語っているのと関係しよう。

漱石の鷗外作品評

ドイツ三部作が出そろって半年ほど後の、一八九一（明治24）年八月三日に、まだ大学生だった夏目漱石は正岡子規に、長文の手紙を書いている。その中で、「僅かに二短篇を見たる迄にて」と断りながら、「当世の文人中にては先（ま）づ一角（ひとかど）ある者と存居候」とし、鷗外作の印象を次のように書いていた。

結構〔作品の組み立て〕を泰西に得思想を其学問に得行文は漢文に胚胎して和俗を混淆したる者と存候右等の諸分子相聚（あつま）つて小子の目には一種沈鬱奇雅の特色ある様に思はれ候

当時の子規は鷗外作を認めていなかったようで、二人の意見は対立していたが、どの二作かはわからないにせよ、漱石が読んで強い印象を持ったことはたしかだ。「沈鬱奇雅」の四文字は、いかにも言い得て妙である。この時点ではまだ、鷗外の作品集は刊行されていない。「舞姫」が『国民之友』所載の諸家の作品を収録した『国民小説』(民友社、一八九〇年十月)に収録されていただけで、あとは初出雑誌、初刊本で読むより仕方がなかった時期である。漱石が読んだのは、これとこれだろうかと、想像するのは楽しい。

5 翻訳と論争――応答する自己

翻訳「埋木」の影響

編年体編集の岩波書店版『鷗外全集』第一巻には、最初期の文業を集めるが、そのほとんどが翻訳の業績である。それだけ鷗外の訳業が実り多いわけだが、そうした中でわたくしが注目するのが、ドイツの女性作家オシップ・シュビンの小説の翻訳「埋木(うもれぎ)」(『しがらみ草紙』一八九〇年四月~一八九二年四月、全十回断続連載、初出題「埋れ木」「うもれ木」)である。この作品が、明治の文学者に与えた影響は見落とせない。

田山花袋は『東京の三十年』(博文館、一九一七年六月)で、鷗外の「さまぐ\〵の各国の翻訳が、(尾崎)紅葉万能、硯友社(けんゆうしゃ)万能の文壇にいかに異つた清新な気分を齎(もた)らして来たであらうか」と記し、「二葉亭の『あひびき』に始つた外国文学翻訳は、鷗外の『悪因縁』『浮世の波』更に『埋木』に至つて、益々その光輝を増した」と回想する。徳田秋聲(しゅうせい)も随筆集『灰皿』(砂子屋書房、一九三八年七月)で、「若いをり其の頃文学青年として『しがらみ草紙』に載つたものは大抵読んだ」とし、「「埋れ木」などの翻訳に多く読み耽つて」とも書いている。

「埋木」については、斎藤緑雨、樋口一葉、小栗風葉らへの影響も指摘できるだろう。北原白秋は詩集『思ひ出』(東雲堂書店、一九一一年六月)巻頭の「わが生ひたち」の「9」で、「「埋れ木」のゲザがボオドレエルの『悪の華』をまさぐりながら解らぬながらもあの怪しい幻想の匂ひに憧がれたといふ同じ幼年の思ひ出のなつかしさよ」と書き、「思ひ出ノート4」の中に「ゲザ」というタイトルの詩の草稿を書きつけている。白秋が言及しているのは、音楽家としてその才能を知られ始めている十七歳のゲザが、世にもてはやされている先輩音楽家のステルニイと会話する部分で、「シメエル」(キマイラ、ギリシャ神話に登場する口から火を噴く霊的な存在。虚妄な所産のこと)をめぐって、このような一節がある。

　或る日ゲザは「『シメエル』とは奈なる物ぞ、」とステルニイに問ひかけぬ。こは昼前の事にて、仏人ボオドレエルが著したる「悪の花」といふ書を、解せぬながら翻へし居たるゲザが口より出でし問なりき。〔中略〕「常の女怪は人を沼に引入るれど、『シメエル』は人を天に招きのぼさんとす。天は達しがたきものなれど、沼に入り、泥の中にはまりては、なか〱楽しきことあるものなり、限なく楽しきことあるものなり。されどそは汝がまだ知らぬ境なり。〔中略〕人を功名の道に誘ふなどは、そのえなさぬことにて、彼等は唯四足(しそく)を泥に植ゑて、月に向ひて吠ゆるものぞ。」

九歳の時のゲザが「恋とは」と問う一節もあるが、もちろんそれを受け止められる位置にはいない。問うことを急ぎ、空回りしている。恋人アンネットとのやりとりでも同じだ。「われ等二人が造りしは蜃気楼なりき、美しき蜃気楼なりき」と語るアンネット、その気持にたどり着けないゲザ、それを冷酷に見つめるステルニイ、その三者を見つめる訳者鷗外の現実認識はどうだったのだろう。細部において、ドイツ三部作とつながる部分もあり、見逃せない。「埋木」のラストは、二十五年ぶりの母との再会である。

ゲザは、いわば日本の近代そのものであり、明治の文学者たちがこの作品にひかれていたのは、近代文学の模索と苦しみが、作品世界からにじみ出ていたからではなかったか。乗り越えられない心情は、自分をおとしいれる、ある陥穽としても作用する。ゲザの運命は自分自身の運命でもあることを誰よりもよく理解していたのは、この作品に出会い翻訳した、鷗外自身だったのである。翻訳は、単なる紹介ではない。その陥穽を引き受け、自己の世界を広げる作業でもあったのである。

画題論争

三部作の執筆や翻訳の試みに並行して、鷗外は批評活動も継続していた。例えば美術界に向けて、一八九〇(明治23)年四月二十七日の明治美術会第二大会での、外山正一の三時間もの演説「日本絵画の未来」(その後、東京朝日新聞に掲載され、同年五月、私家版としても刊行)に対して、反駁文「外山正一氏の画論を駁す」を書いた。外山が、「画題」を選択するときの新時代の画家の意識を問題にして「想像」行為を論じたとき、例として「竜ニ乗リタル観音」を出し、「其志ノ程ハ如何ニモ神妙ナレドモ、是レヲ為スノ始末、是レヲ仕遂グルノ方略ニ至リテハ、実ニ笑ハズンバアルベカラザルナリ」と酷評したことに、鷗外が反応したのである。反駁文は、五月二十五日発行の『しがらみ草紙』第八号の二段組三七ページにもわたり、鷗外の美術論として貴重だ。外山が批判したのは、友人原田直次郎の大作「騎龍(きりゅう)観音」であり、原田への思い入れもあった。

この年八月、鷗外は信州山田温泉に静養するが、滞在中に原田から書簡をもらい、九月には「原田直二(ママ)郎に与ふる書」を『しがらみ草紙』第十二号に載せて、原田を励ましている。

一八九一(明治24)年二月、鷗外は、東京美術学校から「美術解剖」の授業を嘱託されて、出講した。

没理想論争の意味

一八九一（明治24）年の批評活動として特筆すべきは、『しがらみ草紙』誌上で「山房論文」と名付けられた一連の評論の存在である。「山房論文其二」とされたのは、九月刊行の第二十四号に出た「逍遥子の新作十二番中既発四番合評、梅花詞集評及梓神子（読売新聞）」という文章だ。当時は無署名で発表され、のちに「逍遥子の諸評語」と改題された。読売新聞紙上で坪内逍遥が展開した「小説三派」の概念を、ドイツの哲学者ハルトマンの「類想」「個想」「小天地想」と対応させつつ、「小天地想」の理想の世界に芸術の奥義があるとした。

折から、十月に第一次『早稲田文学』が創刊され、逍遥は「シエークスピア脚本評註 緒言」を発表する。「造化といふものは此等無数の解釈を悉く容れても余りある」もので、シェイクスピアは「広く深く其底知らぬ湖の如く普く衆理想を容るゝ」ものだとし、その「没理想」たるところを評価する。それに対して鷗外が十二月、「早稲田文学の没理想」を書き反論、再度「理想」が「無意識界」に発する世界「小天地想」こそ重要と論じた。論述の中で、客観性を目指す逍遥の「記述」「帰納」と、理想の本質を目指す鷗外の「談理」「演繹」の対立の構図が見えてくる。それから翌年六月まで、『早稲田文学』『しがらみ草紙』誌上で、度重なる応酬がみられた。ハルトマンの美学を基盤とする鷗外は、「烏有先生」という架空の人物を登場させ、彼とハルトマンを重ねるようにして論を進めていった。この二人のやりとりが、いわゆる「没理想論争」である。

お互い立脚点が違うが、応酬の中で自説を説明すればするほど、時として矛盾も出てきてしまう。用語の定義も、難しい。「帰納」「演繹」と言っても、芸術創造や批評の世界では、一筋縄ではいかない。論理からみれば鷗外優位は明らかだが、この論争を考えるときに重要なのは勝敗ではなく、論陣を張る中で両者の問題性が明らかになり、その多くが自分にも跳ね返ってくるというメカニズムを考えることではなかったか。

論争のあと、二人の交友はどうだったのか。お互い学識のある文学者として意識しており、鷗外は一九一三(大正2)年、帝国劇場での上演のためにシェイクスピア『マクベス』をドイツ語から訳出した折、この分野では先輩である逍遙に、疑問点について教えを請うているのである。まる二日かけて逍遙は鷗外の訳稿を閲読、ていねいに返事をした。鷗外日記に、「坪内雄蔵〔逍遙〕Macbeth の序を作り、上山草人(かみやまそうじん)に托して予に致し、又予の訳本に附箋して意見を記す」(五月二十九日の条)とある。鷗外がそれを受け入れ、修正したのは言うまでもない。

6 「観潮楼」での新しい試み――『美奈和集』の成立

「観潮楼」を建てる

鷗外の生涯を考えたとき、一八九二(明治25)年一月三十一日に、本郷区駒込千駄木町二十一番地に転居したことは、大変大きな出来事だと考えられる。鷗外三十歳のときのことだ。その後、亡くなるまで過ごすことになるこの家は、父静男がたまたま見て気に入った場所だった。鷗外の作品「細木香以」(東京日日新聞、大阪毎日新聞、一九一七年九月十九日~十月十三日、のち加筆)は、芥川龍之介とも関係する江戸の文化人細木香以を取り上げた作品だが、作中、細木の取り巻きの一人である質屋、小倉屋高木佐平の家が、この二十一番地にあったことを踏まえ、こう記されている。

> 団子坂上から南して根津権現の裏門に出る岨道に似た小径がある。これを藪下の道と云ふ。そして所謂藪下の人家は、当時根津の社に近く、此道の東側のみを占めてゐた。これ

に反して団子坂に近い処には、道の東側に人家が無く、道は崖の上を横切つてゐた。此家の前身は小径を隔てて其崖に臨んだ板葺の小家であつた。
崖の上は向岡から王子に連る丘陵である。そして崖の下の畠や水田を隔てて、上野の山と相対してゐる。彼小家の前に立つて望めば、右手に上野の山の端が見え、此の端と忍岡との間が豁然として開けて、そこは遠く地平線に接する人家の海である。今のわたくしの家の楼上から、浜離宮の木立の上を走る品川沖の白帆の見えるのは、此方角である。

鷗外は父の気に入ったこの家への転居を決め、千住から両親や祖母を呼び寄せて、五十七番地の借家に一緒に住んでいた二人の弟も転居、津和野を出てから初めて、ここに家族がともに住むこととなった。その後、千住の大工山岸音次郎にたのみ、二階屋の書斎部分を新築し、八月完成、そこを「観潮楼」と名付けた。鷗外の「観潮楼日記残欠」にはこの頃の様子が記録されており、完成した八月十日の条の「遷り住むべきところの全く出来上りたるぞ嬉しき」という記述からは、その喜びのさまがうかがえる。森於菟「観潮楼始末記」(『父親としての森鷗外』〈大雅書店、一九五五年四月、のちちくま文庫〉所収、初出一九四三年)も、家の様子を伝える貴重な回想だ。

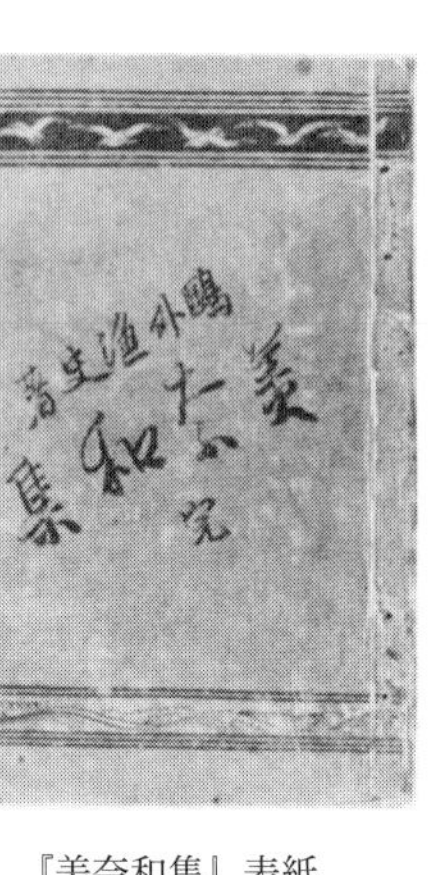
『美奈和集』表紙

『美奈和集』の刊行

観潮楼完成の直前、七月二日には若き鷗外の記念すべき一冊、菊判六一二ページもの大冊『美奈和(みなわ)集』が、春陽堂から刊行された。扉に「鷗外漁史著」「千朶山房蔵梓」と記され、「水沫集」という表記も見える。三篇の創作と十六篇の翻訳を集め、巻末に新声社訳「於母影」を添えている。かならずしも編年順ではなく、創作小説の配置は謎めいており、巻頭に「うたかたの記」を置いた独特な目次構成だ。以下、鷗外の表記の通りに、作品名と、翻訳作品の場合は原作者名も添えて記しておきたい。「うたかたの記」、「戦僧」「みくづ」(ドオデエ)、「黄綬章」「ふた夜」(ハックレンデル)、「舞姫」、「悪因縁」「地震」(クライスト)、「うきよの波」(ステルン)、「瑞西館」(トルストイ)、「該撒」(ツルゲニエッフ)、「文づかひ」、「新浦島」(アル井ング)、「洪水」(ブレット、ハアト)、「緑葉歎」(ドオデエ)、「玉を懐いて罪あり」(ホフマン)、「うもれ木」(シユピン)、「調高矣洋絃一曲」(カルデロン)、「折薔薇」(レッシング)、附録「於母影」。

鷗外の作品を読もうという読者にとって、ようやく、拠り所になる一冊ができたのは大きい。近代の作家たちの多くは、この『美奈和集』で鷗外作品に親しんでいる。樋口一葉も、「感想・聞書(10)しのふくさ」の中で、一八九五(明治28)年一月に、戸川残花から「これ見よ」と勧められ、「分いれはまつなけきこそこられけれしをりもしらぬ文のはやしに」と記していた。読み進むうちに人間の嘆きが迫ってくる、と言うのである。ドイツ文学を中心にした多彩な翻訳が若者の心をとらえ、さらに『改訂水沫集』(一九〇六年五月、若干の象嵌による修訂あり、「改訂水沫集序」を付す)、『縮刷水沫集』(一九一六年八月)という異版も、同じ春陽堂から刊行された。当時、ドイツ三部作を読むものは、いつも翻訳作品と一緒に、翻訳を身近に感じつつ読んでいたという事実は、重要である。

もうひとつの集成『月草』

観潮楼が完成した直後の一八九二(明治25)年九月から、乞われて慶應義塾大学審美学嘱託講師を務めた。折から逍遙との没理想論争の直後で、自身の理論的基盤であるハルトマンの美学の翻訳「審美論」も『しがらみ草紙』で連載する(同年十月〜一八九三年十月、中絶)。

ここで、没理想論争が終わった翌年、一八九三(明治26)年に、鷗外が自身の発行する医学雑誌『衛生療病志』に連載した「傍観機関」という医事論文がきっかけになった、「傍観機関論争」と言われる出来事に触れておこう。鷗外は、その年の四月に開かれた第二回日本医学会を「反動祭」と呼び、古い体制の人々を批判、西洋近代医学をベースにした医学界の確立を求めた。こちらの分野でも、積極的啓蒙と論理的な筆鋒は健在だったのである。

こうした評論活動の集成が、評論集『都幾久斜(月草)』(春陽堂、一八九六年十二月)である。初出時からやや遅れた刊行だが、その序文である「月草叙」には、ハルトマンを拠り所にした『しがらみ草紙』時代の評論を集めたと記されている。

日清戦争へ従軍

日本が清国に宣戦布告をし、日清戦争が始まったのは、一八九四(明治27)年八月一日のことである。前年十一月に陸軍一等軍医正となり、陸軍軍医学校長兼衛生会議議員に就任していた鷗外は、八月二十五日に大本営直轄中路兵站軍医部長を命ぜられ、『しがらみ草紙』と『衛生療病志』を廃刊とし、従軍することとなった。

まず、朝鮮にわたり、釜山に滞在、第二軍兵站軍医部長となり、一時広島宇品に戻るが、ふたたび大連、旅順港、柳樹屯に転じ、翌年三月には金州に移動していた。

そのとき、金州の兵站部に鷗外がいると耳にした新聞日本の従軍記者の正岡子規が訪ねてきた。鷗外と子規の初対面である。子規はこのことを自身の「従軍紀事」には書いていないが、鷗外の「徂征日記」に次のような記述が見える。

五月四日。正岡常規〔子規〕来り訪ふ俳諧の事を談ず夜神保と歌仙一巻を物す
十日。和親成れりと云ふ報に接す子規来り別る几董〔高井几董、江戸中期の俳人〕等の歌仙一巻を手写して我に贈る

四日夜に若き二等軍医神保濤次郎と歌仙一巻を試み、その全文を日記に書き付けているのは、子規との文学談に気分が盛り上がったことをうかがわせる。この初対面後、子規は毎日鷗外を訪ねたらしく、後年鷗外は柳田國男にそう話したという。子規はその後、柳樹屯から帰国の途につくが、船上で喀血、上陸後、神戸病院に入院することになる。

鷗外は、日清講和条約調印のあと宇品に戻ったが、今度は反乱鎮圧のため台湾にわたり、台北に滞在、任務を終えると、台湾総督府陸軍局軍医部長となった。東京に凱旋したのは、一八九五(明治28)年十月四日であった。すぐさま、陸軍軍医学校長に復職した。さらに、陸軍大学校の教官も兼任することとなる。

根岸の家に戻った子規の新年の俳句会に鷗外が出席したのは、翌年一八九六(明治29)年一月三日で、遅れて出席したが、見合いのため松山から上京していた夏目金之助(漱石)がその日最初から来ており、同席することとなった。鷗外と漱石が実際に会って話したのは生涯で数回だが、その最初がこのときである。

『めさまし草』による再出発

従軍後の新たな文学活動は、一八九六(明治29)年一月の新しい雑誌の発刊から始まる。『めさまし草(ぐさ)』である。この雑誌の目玉は、三月の「巻之三」から始まった、幸田露伴・斎藤緑雨・鷗外の三人による新作合評「三人冗語(じょうご)」である。取り上げた作品へのこまやかな目配りと厳しい批評、そのバランスが見事だ。記憶されるのは、『文藝倶楽部』四月号に一括掲載された樋口一葉「たけくらべ」が、「三人冗語」第二回で高く評価されたという事実である。誌面には、順に「脱天子」「登仙坊」「鍾礼舎」の署名がある。

> されば縦令(たとい)よび声ばかりにもせよ、自然派横行すと聞ゆる今の文壇の作家の一人として、この作者〔一葉〕がその物語の世界をこゝに択(えら)みたるも別段不思議なることなからむ。唯ゞ不思議なるは、この境に出没する人物のゾラ、イプセン等の写し慣れ、所謂(いわゆる)自然派の極力摸倣する、人の形したる畜類ならで、吾人と共に笑ひ共に哭(こく)すべきまことの人間なることなり。われは作者が捕へ来りたる原材とその現じ出したる詩趣とを較べ見て、此人の筆の下には、灰を撒きて花を開かする手段あるを知り得たり。われは縦令世の人に一葉崇拝の嘲(あざけり)を受けんまでも、此人にまことの詩人といふ称をおくることを惜まざるなり。

よく知られた鷗外の評である。「まことの詩人」というこの絶賛をすぐさま一葉に知らせた雑誌『文学界』の同人たち、平田禿木・戸川秋骨たちの興奮が、明治の文学の流れを大きく変えたことを思わずにはいられない。

九月からは、この合評は、新たに依田学海・饗庭篁村・森田思軒・尾崎紅葉の四名を加えて、「雲中語」と名を変えて継続される。二〇一七（平成29）年十月から開かれた文京区立森鷗外記念館の展示「明治文壇観測――鷗外と慶応三年生まれの文人たち」の図録には、『めさまし草』で取り上げられた当時の作品の一覧が掲載されたが、一九〇二（明治35）年二月の終刊まで、この合評が当時の新作にていねいに向き合った論評だったことをうかがわせる。

この時期の『めさまし草』に、戦地で知り合った正岡子規が参加し、鷗外の俳句への目を開かせたことは記憶に値する。「先日ハ失礼致候◯目さまし草待兼て面白く拝見致候」（一八九六年二月一日付）という一通目から始まる、子規の鷗外宛書簡十五通の存在が注目される。

同年三月から、鷗外は東京美術学校で「美学及美術史」を講じた。彫刻科の学生だった高村光太郎は、軍服でサーベルを着けて話す鷗外の教壇の姿を伝えている。また、講義の内容については、彫刻科の学生本保義太郎が筆記したノートが伝わっている。

四月四日には、鷗外の父の静男が六十歳で亡くなっている。

7　小倉での日々と再婚――新たな出会いと別れ

小倉左遷

鷗外の官位は、一八九八(明治31)年十月には、近衛師団軍医部長兼陸軍軍医学校長となっていた。しかし、翌一八九九(明治32)年六月、陸軍軍医監となり、第十二師団(小倉)軍医部長に任命された。先に陸軍省医務局長に登りつめた小池正直による策略で、鷗外はこの異動の命令を「左遷」と考えたが受け入れ、六月十九日に小倉(現、福岡県北九州市)に着任、鍛冶町八十七番地に住んだ。この家は現在、復元され「森鷗外旧居」として公開されている。着任から一週間後、二十七日には、鷗外は母峰子宛に手紙を書いた。その後、東京に戻るまでに書かれた手紙が百八十通も残っており、こまめに便りを書いていたことがわかる。最初の手紙には、このような一節が見える。

小生の小倉に来りしは左遷なりとは軍医一同に申居り決して得意なる境界には無之候

〔中略〕実に危急存亡の秋なり唯だしづまりかへりて勤務を勉強し居るより外はなけれど決して気らくに過すべき時には無之候

賀古鶴所以外には「あまり人に見せぬやう」とも記している。「危急存亡の秋」とはややオーバーな表現だが、それをどう乗り越えるかが、当面の課題になろう。その意味で、小倉時代の心境をよく示している「小倉日記」の記述からは、目が離せない。東京を発った六月十六日から書かれている「小倉日記」には、三日目の大阪から岡山の車中のこととして、「私に謂ふ、師団軍医部長たるは終に舞子駅長たることの優れるに若かずと」という一節がある。「師団軍医部長」という地位など取るに足らないのだという、東京での生活が相対化される現実に出会ったわけである。「私に謂ふ」の四文字は、苦渋の表現だろう。

そうした心境をよく示すのが、福岡日日新聞第六千号（一八九九年九月十六日）の紙面に乞われて書いた、「我をして九州の富人たらしめば」の一文である。「町はづれに客待せる車夫」が「坑業家の価を数倍して乗るに狃れて、官吏の程を計りて価を償ふを嫌ふ」のを見た鷗外は、坑業成金を批判し、真の「富に処する法」を提言、こう結論する。

芸術の守護と学問の助長とは、近くは同世の士民を利し、遠くは方来の裔孫を益す。富人の当に為すべき所のもの、何物かこれに若くべき。

鷗外の義憤がうかがえよう。二六新報の連載随筆「心頭語」の「八十七」(一九〇一年二月十八日)で、ふたたび人力車夫の横暴に触れて、「人心の驕り惰れる地方」として「炭鉱業等の盛なる地方」を挙げる鷗外である。

「鷗外漁史とは誰ぞ」の決意

小倉時代の文学的発言として知られているのが、さきほどの「我をして」と同じ福岡日日新聞に掲載された「鷗外漁史とは誰ぞ」(一九〇〇年一月一日)である。新聞紙面で、「我をして」の執筆者「森林太郎」は実は文壇で活躍する「鷗外漁史」のことだと紹介され、鷗外は自分の立ち位置を表明せざるを得なくなったのである。鷗外は「文壇とは何であるか」と問い、中央の文壇の閉鎖性を問題にする。「新文学士の諸先生」も加わり中央の文壇は動いており、そこでは「鷗外漁史」などは問題にもならない。が、『めさまし草』での執筆活動は続いている。もし「鷗外漁史」など取るに足りない存在というなら、「鷗外漁史はこゝに死んだ」としてもよいが、「形は故の如くで、我は故の我であ」り、「鷗外は殺されても、予は決して死んでは居ない」と宣言するのだ。文学界への鋭い眼と、やむにやまれぬ感情の爆発が、この一文に緊張感をもたらしている。

鷗外はまた、「心頭語」の「八十四」(一九〇一年二月十日)にこう記す。

苟も撰択行為の境に入らば、要は危険に遭ふ一刹那に、智の鏡の陰翳なきに在り。

危機を乗り越える決意であり、これが小倉時代の鷗外の姿であった。稲垣達郎「小倉時代についての雑文」(『稲垣達郎学藝文集』二所収、初出一九五二年)はこの時期の発言を分析し、左遷という憂き目にあい取り乱した心情の中で、「平衡感の充足への道」を探り、「自己じしんへの発願」として「学問」が見直されたとする。

二人の死

小倉時代に、鷗外は二人のゆかりの人物の訃報に接している。一八九九(明治32)年十二月二十六日、原田直次郎が三十六歳の若さで没した。訃報を知ったのは二十九日夜で、鷗外は日記に、「雨窓の灯下黯然たること久し」と書いた。三十一日には追悼文を書き、東京日日新聞(一九〇〇年一月十一日~十四日)に「〇甌外茗話 原田直次郎氏」を「隠流投」の署名で発表するが、文頭で新聞記者がこの筆者は鷗外であることを示唆してしまう。現在、「原田直次郎」の題で知られている一文だ。
鷗外は原田を、外遊はしても「少しも欧羅巴(ヨーロッパ)の風に染まなかつた」「自然児」で、「物の奥底まで見えさう」な「鋭い目」を持っていたと評す。「眼を高処に注いで、始終濫作に堕ちず」の姿勢ではあるが、美術界では不遇だったこと、しかしあたたかい妻子に恵まれ、「必ずしも不幸な人では無かつた」と結んだ。左遷された自身の意識もにじませる文章である。

没後十年の一九〇九(明治42)年に、直次郎の兄の息子で、父を早くに亡くして直次郎のもとで養育された原田熊雄(くまお)(のち、政財界で活躍、貴族院男爵議員となる)が、原田の遺作展覧会を計画、鷗外も助力して実現させた。鷗外は『原田先生記念帖』(原田直次郎氏記念会、一九一〇年一月)の刊行にも尽力、多くの図版を集め、小倉で書いた追悼文を巻頭に収録、諸氏に回想を乞い、一冊とした。現在でも、原田を知る基本文献である。

原田の死の翌々月、今度は離縁した登志子(のち、法学士・海軍司法官の宮下道三郎と再婚)の死を、賀古鶴所から知らされることとなる。賀古宛の書簡(一九〇〇年二月五日付)で、「御手紙拝見せり旧妻の死はまだ知らざりしを好(よ)く知(しら)せ被下候事奉謝候原田のやうに物を書いて弔うてやることも出来ぬかはゆさうな事と存候」と書き、賀古の送った、訃報の載った新聞の切り抜きを見て、四日の日記に次のように記した。

嗚呼是れ我が旧妻なり。於菟の母なり。赤松登志子は、眉目妍好ならずと雖、色白く丈高き女子なりき。和漢文を読むことを解し、その漢籍の如きは、未見の白文を誦すること流るゝ如くなりき。同棲一年の後、故ありて離別す。

小倉での活動

こうした中で鷗外は、公務をこなしつつ、文学活動を続けていた。審美学の著作がまとまったのもこの時期で、ハルトマン学説の紹介である『審美綱領』（大村西崖同編、春陽堂、一八九九年六月）や、『審美新説』（春陽堂、一九〇〇年二月）に続き、ドイツの新カント派哲学者リープマンを解説する『審美極致論』（同、一九〇二年二月）を刊行した。「極致」とは「理想」のことで、こうした著作は、正岡子規にも大きな影響を与えた。

ドイツ時代から読んでいたクラウゼヴィッツ『戦争論』について、一八九九（明治32）年十二月以降、小倉に駐留する師団の将校に講義し、その抄訳を『戦論』（第十二師団司令部、一九〇一年六月）として刊行した。また、馬借町カトリック教会の宣教師ベルトランからフランス語を学ぶようになった。

こうした小倉の生活の中で、鷗外は年一回、陸軍省軍医部長会議のために上京する。その折の、かつての新声社の仲間との再会は、ほっとするひと時だったに違いない。

翻訳『即興詩人』の完成

一九〇〇（明治33）年末、十二月二十四日に京町五丁目百五十四番地に転居した鷗外は、年の明けた一月十五日の日記に、「微雨。夜即興詩人を訳し畢る」と記した。「即興詩人の稿を起す。あまりに長きものなれば倦むときは来ずやと気遣はる」（「観潮楼日記」一八九二年九月十日の条）との思いで訳し始めてから、『しがらみ草紙』『めさまし草』と掲載誌を変えながら断続的に連載してきた、全三十八回の長期にわたる訳業が完成したのである。途中十ヶ月の休載の時もあったが、足掛け十年の仕事であった。

デンマークの作家アンデルセン（一八〇五～七五）の没後十年ほどの時点で、鷗外は留学時代にデンハルトによるレクラム文庫の独語訳で読み、それを流麗な日本語に置き換えたのである。『即興詩人』の世界は、『新日本古典文学大系　明治編25　森鷗外集』（岩波書店、二〇〇四年七月。『即興詩人』は全体の約半分を抄出、注釈は須田喜代次・池田紘一・山崎一穎）に掲げられた「梗概」を引用するだけでも、イタリアを背景とした、若者の波乱万丈でロマン的なそのストーリーが理解できよう。

母一人子一人の境遇でローマに育ったアントニオは、ふとしたことから即興詩を奏でて歌う魅力に取りつかれるが、老婆フルキアに自らの運命を予言された頃から彼の運命は大きく動き始める。母の死、養父母との出会い、ボルゲエゼ家という庇護者の出現、神学校への進学、親友ベルナルドオとの歌姫アヌンチヤタを巡る恋の鞘当てを経て、アントニオはローマからの離脱を余儀なくされ、ナポリへ向かう。情熱的なサンタ夫人との邂逅、ボルゲエゼ家の人々との偶然の再会、盲目の美少女ララとの出会い、ポンペイ、ヴェズヴィオ火山、パエストゥム、青の洞窟といった地を背景に物語は急展開する。やがてローマに舞い戻ったアントニオは、修道女となるべく運命づけられたフラミニヤとの清い恋と別れを経験、失恋の痛みを癒すべく向かったヴェネツィアで、アヌンチヤタとの悲しい再会を果たす。そしてこの地で、美少女ララにうり二つのマリヤとの運命的な出会いが彼を待っていた。

ローマ、ヴェネツィア、ミラノ、ナポリ、カプリなど、ふんだんに登場するイタリアの名所の描写の魅力は、この作品を持ってイタリア旅行をする愛読者を生み出すほどだ。

単行本『即興詩人』上下二冊（春陽堂、一九〇二年九月）は、「此書は印するに四号活字を以てせり。予の母の、年老い目力衰へて、毎（つね）に予の著作を読むことを嗜めるは、此書に字形の大なるを選みし所以の一なり」（初版例言）とあるように、大きな活字で組まれている。母のためとい

即興詩人 上巻

森林太郎譯

わが最初の境界

羅馬に往きしことある人はピアツツア、バルベリイニを知りたるべし。こは貝殻持てるトリイトンの神の像に造り做したる、美しき噴井ある、大なる廣こうぢの名なり。貝殻よりは水湧き出でゝその高さ數尺に及べり。羅馬に往きしことなき人もかの廣こうぢのさまをば銅板畫にて見つることあらむ。かゝる畫にはヰア、フエリチエの角なる家の見えぬこそ恨なれ。わがいふ家の石垣よりのぞきたる三條の樋の口は水を吐きて石盤に入らしむ。この家はわがためには尋常ならぬおもしろ味あり。そをいかにといふにわれはこの家にて生れぬ。首を回してわが穉かりける程の事をおもへば、目もくるめくばかりいろ〱なる記念の多きことよ。我はいづこより語り始めむかと心迷ひて爲むすべを知らず。又我世の傳奇の全局を見わたせば、われはいよ〱これを寫す手段に苦めり。いかなる事をか緊要ならずとして棄て置くべき。いかなる事をか全畫圖をおもひ浮べしめむために殊更に數へ擧ぐべき。わがためには面白きことも外人のためには何の興もなきものあらむ。われは我世のおほいなる穉物語をあり

『即興詩人』初版の本文冒頭．大きな活字でゆったり組まれている

うのは、自己の青春を支えてくれたものへの感謝の思いでもあり、慈しみの感情だ。小倉時代は、自己の青春を振り返る時期でもあり、原田直次郎との思い出や青春のつまっているドイツ時代の日記(漢文で書かれた「在徳記」)を「独逸日記」として整えるときでもあった。

鷗外の翻訳文体は、『即興詩人』で高度の達成を見せる。有名な、「国語と漢文とを調和し、雅言と俚辞とを融合せむ」(第十三版題言、一九一四年八月稿)という言葉をそのまま体現する、見事な文体である。アヌンチヤタが死の直前、アントニオに宛てた別離の手紙は、このような文体で訳出されている。

文(ふみ)して恋しく懐かしきアントニオの君に申上まいらせ候。今宵はゆくりなくも、おん目に掛り候ひぬ、再びおん目にかゝり候ひぬ。こは久しき程の願にて、又此願のかなはん折をいと恐ろしくおもひしも、久しき程の事にて候。譬(たと)へば死をば幸を齎(もたら)すものぞと知り

つゝも、死の到来すべき瞬間をば、限なく恐ろしくおもふが如くなるべく候。

再会の喜びと死を前にしての別離の悲しみを綴った手紙であり、やや感傷的な感じのする候文だが、読者はそのままアヌンチヤタの思いに同化し、異国の物語という枠組みを超えて、心を揺さぶられるのではあるまいか。イタリアというまだ見ぬ空間の風物を超え、流麗で感傷的な文体の中に、読者は感情を没入する。その効果をもたらすメカニズムこそ、鷗外翻訳の魅力だったように思う。

永井荷風は、鷗外の翻訳を通して西洋の文芸の香りを味わっていた。もとより『美奈和集』は愛読書である。アメリカ滞在中に書かれた弟の鷲津貞二郎宛書簡(一九〇四年十二月二十四日付)で、英訳の『即興詩人』と比べたいので鷗外訳を送って欲しいと依頼している。

なお、鷗外の翻訳については、島田謹二『日本における外国文学——比較文学研究』上下二巻(朝日新聞社、一九七五年十二月、一九七六年二月)や、長島要一『森鷗外　文化の翻訳者』(岩波新書、二〇〇五年十月)に跡づけがある。

二人の友、福間博と玉水俊虠

鷗外の後年の小説に、「二人の友」(『ＡＲＳ』一九一五年六月)という作品がある。歴史小説を書いていた時期に、ふと思い出されたように書かれた現代小説だ。「私は豊前の小倉に足掛三年ゐた」と始まり、小倉時代につながりができた二人の若者との交友を背景にしたものである。作品中の「F君」と「安国寺さん」のモデルは、それぞれ福間博（一八七五～一九一二）と玉水俊虠（一八六六～一九一五）である。

東京でドイツ語を学んでいた「F君」は、「私」が小倉にいることを知り、「一銭の貯もなくて」訪問し、師事したいと申し出る。「私」は小倉での仕事を斡旋し、援助する。のちに東京に戻り、第一高等学校のドイツ語教師にまでなって家庭を持った福間とのドイツ語を通しての交友は、鷗外にとって、記憶に残るものだったようだ。福間との初対面の様子は、「小倉日記」（一八九九年十月十二日の条）に詳しい。その後も、日記に何度も登場する。

東京で学び、当時荒廃した小倉の安国寺を再興しようとしていた豊前京都郡出身の曹洞宗の僧侶、玉水俊虠との初対面は、「小倉日記」（一九〇〇年十一月二十三日の条）に、「将に小倉安国寺を再立せんとし、来りて勧進文稿を删定せんことを請ふ」とあることでわかる。この少壮の学僧との交友はその後も続き、「二人の友」では、「私が役所から帰つて見ると、きつと安国寺さんが来て待つてゐて、夕食の時までゐる。此間に私は安国寺さんにドイツ文の哲学入門の訳読をして上げる。安国寺さんは又私に唯識論の講義をしてくれるのである。安国寺さんを送り出してから、私は夕食をして馬借町の宣教師の所へフランス語を習ひに往つた」と描かれ、日常がうかがえる。

玉水は、小倉から東京に戻った鷗外を追いかけるように再度上京し、観潮楼のそばの下宿に福間と住んだ。於菟も、その頃の二人について思い出を書いている。玉水の経歴については、その生涯を調査した、山崎一穎『鷗外ゆかりの人々』(おうふう、二〇〇九年五月)の一章に詳しい。一九一五年にも鷗外と玉水とは手紙のやり取りをしたようだが、「二人の友」発表の直後、鷗外は九月十八日の玉水逝去の報に、十月五日接することになる。作中、日露戦争従軍中に、「安国寺さん」から自身の重い病気に思い悩む手紙が来たとき、「安心(あんじん)を得ようと志すものは、病のために屈してはならぬ」と「私の手紙としては最(もっとも)長い手紙」を出したと記されているが、その現物が未確認なのは残念である。

いわば、若者とのささやかな交換教授の思い出だが、そうした「学び」の時間が、失意の小倉時代を精神的に支えるよすがになったことは、疑えない。

荒木志げとの再婚

鷗外は、小倉時代を背景にした短篇を、「二人の友」のほかにも二作書いている。「鶏(にわとり)」(『スバル』一九〇九年八月)と「独身」(同、一九一〇年一月)である。「鶏」は、少佐参謀の石田小介が小倉に着任してから、女中を雇って生活を始めていくさまを、詳細に書いた小説である。着任の時期や住んだ地名など鷗外自身の実際の体験と合っており、体験を踏まえて書かれたのだろう。「小倉日記」にも記されている地方の風俗も、丹念に描きこまれている。

「独身」は、妻と別れた経験を持つ四十歳の大野が、小倉の冬のある夜、二人の友人と「有妻無妻といふ議論」をすることから始まる。皆が帰った後、雇っている下女の竹を見つめ、「一度も女だと思つたことがなかつた」と考えるが、そうした最中、再婚をすすめる祖母からの手紙が届いたという話である。相手候補の井上のお嬢さん富子に会った印象を祖母が書いてきて、文末に「御前様の一日も早く御上京なされ候て、私の眼鏡の違はざることを御認なされ候を、ひたすら待入候」とあったという。

鷗外が最初の妻登志子を離縁したことを心配した森家では一時、鷗外にある女性との関係を取りもったという事実がある。森於菟「鷗外の隠し妻」(『文藝春秋』一九五四年十一月、初出題「鷗外の隠れた愛人」、『父親としての森鷗外』所収)が明かしたことで、児玉せきという女性の名も記された。「もと士族で千住で相当の位置にあった人の未亡人」で、「娘一人をつれ、裁縫をよくするので仕立物など頼まれ、つましいながら身ぎれいに暮していた人」とのことである。母峰子は、せきを観潮楼のすぐそばの千駄木林町に住まわせ、鷗外の相手とした。「封建時代の主君に仕えるごとく仕える」せきの姿を、小学生だった於菟は、印象にとどめているという。

しかしその関係は、鷗外の小倉移住で終わり、せきが小倉までついていくことはなかった。

せきとの関係に円満に話をつけた母峰子は、鷗外に新しい相手を探すことを急いだ。浮かび上がってきたのが、大審院判事荒木博臣の娘、荒木志げである。大審院は、今でいうと最高裁判所に当たる。一度結婚歴（前夫は、第二十七国立銀行〈のちの東京渡辺銀行〉の社主渡辺治右衛門の息子、渡辺勝太郎）があったが、まだ二十一歳の志げが、峰子の目にかなったのである。この頃鷗外と峰子との間にはたびたび手紙の往復があったようだが、残されているのはわずかだ。小倉から出された母峰子宛の手紙（一九〇一年十一月一日付）に、「二十九日の御書状小金井〔良精〕のとも只今拝見仕候」とあり、どうやら具体的な話が鷗外にもたらされたようだ。手紙は完全な形では残されていないので、詳しい内容は不明だが、ある程度母峰子の意向に沿って判断しようとしたのであろうか。妹喜美子宛の書簡（十二月五日付）には、「荒木令嬢の事、兎も角も相迎候事と決心仕候。併し随分苦労の種と存候」とある。その間の「小倉日記」の記述は簡単で、この縁談についての記述は見当たらない。関連するものとして、「写真師白井の小照〔人物写真〕を送致す」（十一月十八日の条）があるのみだ。鷗外も自分の写真を送ったのであろう。

縁談はまとまり、お互い再婚同士の結婚式が、鷗外の後輩である医学博士岡田和一郎の媒酌で、観潮楼で執り行われた。鷗外は年末に急ぎ門司新報に「和気清麻呂と足立山と」（一九〇二年一月一日）を書き、大晦日に帰京、岡田と荒木家へ挨拶に行き、一九〇二（明治35）年一月四日に結婚式、翌日夜離京し、京都に一泊、八日には小倉に戻っている。あわただしい新生活のスタートである。しばらくのちの、賀古鶴所宛書簡(二月八日付)に記された、有名な一節を引いておきたい。

扨(さて)好イ年ヲシテ少〻美術品ラシキ妻ヲ相迎へ大ニ(おおい)心配候処万事存外都合宜シク御安心被下度候小生第一之苦身即チ従来熟レ来リシ書生風ノ生活変更セサルベカラサルカト云一事ハ幸ニ当人ノ極メテノンキナル為メソレニ不及事ト成リ何ヨリノ事ト存居候

III 飛躍する鷗外

——文壇への復帰

8　東京への帰還と日露従軍――『うた日記』の世界

東京へ帰還する

一九〇二(明治35)年の小倉の冬は、天候が安定せず、雪の日も多かった。志げを迎えての新生活を送るうちに、賀古鶴所より小倉から東京に帰れるという知らせが届いたのは三月初めで、「第十二師団軍医部長陸軍軍医監森林太郎。免本職補第一師団軍医部長。明治三十五年三月十四日。内閣」という辞令が届いたのが、三月十八日のことである。送別会を済ませ、三月二十六日に小倉を出発、鉄道を乗り継いで、二十八日の朝に新橋に到着した。

観潮楼での新生活が始まり、公務のほか、新しい文学活動も始まった。『めさまし草』は二月で廃刊となっていたが、六月には上田敏(びん)の『芸苑(げいえん)』と合併する形で『芸文(げいぶん)』を創刊、十月には『芸文』に代わる『万年艸(まんねんぐさ)』を創刊する。『芸文』創刊号巻頭の「題辞」で、「予等の社会に対するや、鼓舞せず激成せず、所謂問題提供者となりて香餌を時流に投ぜず、唯ゞ持長耐久して静に培ひ徐に養ひ、以て国民趣味の助育を数十年、数百年の後に期せんのみ」と静かに自己の姿勢を述べているのも、注目される。合評形式の記事もあり意欲が感じられるが、かつての鋭さと比べるともう一つである。

その後、翌年六月六日の東京高等師範学校国語漢文学会での講演をまとめた『人種哲学梗概』(春陽堂、一九〇三年十月)や、早稲田大学での課外講義『黄禍論梗概』(同、一九〇四年五月)などの啓蒙書も刊行するが、この頃、戯曲『玉篋両浦嶼』(歌舞伎発行所、一九〇二年十二月)を書き、それが戯曲『日蓮聖人辻説法』(『歌舞伎』一九〇四年三月)に継続する作風をもたらしたのも記憶される。前者は、この頃何人かの文学者が試みた浦島太郎伝説の翻案であり、坪内逍遙『新曲浦島』(早稲田大学出版部、一九〇四年十一月)に構想の大きさでは及ばないものの、7・5による韻律の詞章に工夫が見られた。

荷風との出会い

『玉篋両浦嶼』については、興味深いエピソードがある。この戯曲が上演されたのは、一九〇三(明治36)年一月二日から十八日まで、市村座においてであったが、若き日の永井荷風が、小栗風葉・生田葵山らと訪れ、終演後、風葉の紹介で鷗外に挨拶したのである。この初対面について、荷風は回想記「書かでもの記」(『三田文学』一九一八年三月)の中で、次のように高揚した筆致で書いている。

一幕二場演じ了(おわ)りてやがて再び幕となりし時わが傍にありける某子突然わが袖をひき隣れる桟敷に葉巻くゆらせし髭ある人をさして森先生なり紹介すべしとてわが驚きうろたゆるをも構はず高くわが名を呼びぬ。われ森先生を見しは実にこの時を以て始めとす。先生その時微笑して余を顧み地獄の花はすでに読みたりと言はれき。余文壇に出でしよりかくの如き歓喜と光栄に打たれたることなし。いまだ電車なき世なれば其の夜われは一人下谷よりお茶の水の流にそひて麴町までの道のりも遠しとは思はず楽しき未来の夢さまぐ〳〵心の中にゑがきつゝ歩みて家に帰りぬ。

荷風は前年、二冊目の単行本『地獄の花』(金港堂、一九〇二年九月)を書き下ろしで出していた。広津柳浪(ひろつりゅうろう)に最初師事した荷風だが、この頃は巌谷小波(いわやさざなみ)たちの文学グループ「木曜会」で、仲間と交友していた。鷗外に自著を献呈したかは不明だが、敬愛する鷗外に無名に等しい自分の作品を読んでもらっていたと知って、驚嘆したのであろう。「地獄の花はすでに読みたり」という一言で、新進の青年文学者にとっては、十分だったのである。以後、荷風は鷗外を生涯

「先生」と呼び、尊敬することになる。こうした関係は後年、谷崎潤一郎にとっての荷風の存在のあり方としてトレースされる。出来たばかりの『新思潮』を勇気を出して荷風に手渡し、パンの会の席上で、「僕は先生を崇拝してをります！　先生のお書きになるものはみな読んでをります！」と語りかけた谷崎だが、新進作家になりたての時点で、荷風が、評論「谷崎潤一郎氏の作品」(『三田文学』一九一一年十一月)を書き絶賛したのである。谷崎は発売されたばかりの掲載誌を手にし、心踊らせて帰宅する(『青春物語』中央公論社、一九三三年八月)。芥川龍之介が漱石から「鼻」を絶賛する手紙(一九一六年二月十九日付)をもらったときの興奮も、同じである。世代を超え、敬愛する文学者との交流に感銘を受けた青年が、時を経て文学のうねりを生み出すことになるのだと思わずにはいられない。

日露戦争へ従軍

志げとの間に最初の子、長女茉莉(まり)が生まれたのは、一九〇三(明治36)年一月七日である。『万年艸』も順調に刊行が続き、その後一年ほどは穏やかに経過していくのだが、一九〇四(明治37)年二月十日、日本はロシア帝国に宣戦布告をし、日露戦争が始まった。鷗外は三月六日、陸軍大将奥保鞏(やすかた)司令官率いる第二軍の軍医部長として従軍する命を受ける。万一に備え遺言を残し、家族に見送られて新橋を発ったのが、三月二十日である。志げは茉莉を連れて、実家の

戦場の奉天にて，1905 年．鷗外の自筆で，「清国留都にありし時予は此の如き廟の裡に起臥したりき」とある(文京区立森鷗外記念館蔵)

荒木家に移った。

二十二日に広島に入り、四月二十一日に八幡丸で宇品を出港するまでそこに過ごすが、軍人たちの健康管理や、広島滞在時の花柳病予防も、任務の一つだった。この時期から、日記の代わりに詩、短歌、俳句などを書き、のちに、後述する『うた日記』にまとめられることとなる。第一声は兵士を鼓舞する「第二軍」(三月二十七日作)で、「海の氷こごる 北国も／春風いまぞ吹きわたる／三百年来 跋扈せし／ろしやを討たん 時は来ぬ」と始まる。宇品出港時には、「大君の任のまにまにくすりばこもたぬ薬師となりてわれ行く」と詠んだ。

出征に当たり、佐佐木信綱は、『日本歌学全書 万葉集』三冊を贈った。それは鷗外の意向によるもので、佐佐木信綱『明治文学の片影』(中央公論社、一九三四年十月)に、その折のやり取りがある。「戦地で読むには、小説の類はよくない。〔中略〕歌の集は一首一首で完結してゐるから、いつでも読み止めてよい。また万葉のごときは、何回繰返して読んでもよい」というのが鷗外の考えで、贈られた本は、留都(奉天)で撮影した居室の写真にも写っているという便りがあったという。たしかに、『心の花』や信綱の著書に紹介された鷗外写真(右ページ参照)の机辺に、かすかにその本が写っている。二〇一八(平成30)年十月からの「鷗外の〝うた日記〟——詩歌にうたった日々を編む」展(文京区立森鷗外記念館)に際して写真を拡大調査し、それが改めて確認された。従軍時の詩歌に『万葉集』の影響があるのは、そのためである。

一九〇五(明治38)年九月に日露講和条約が締結されるまでの一年半あまり、鷗外は、金州・南山・蓋平・大石橋・海城・首山堡・遼陽・沙河・奉天などを移動、その任を務めた。講和条約締結後もしばらく各地を巡回し、宇品に帰航したのは、翌一九〇六(明治39)年一月七日、十二日に東京に凱旋した。

従軍中鷗外は、多くの便りを妻の志げに送っている。その口調には親しみがこもっており、宛名も「やんちやのしげ子どの」とか「やんちや殿」という言い回しが見られる。内容もかなり自由で、広島からの書簡(一九〇四年四月十七日付)には、このような一節もあった。

森志げの肖像．日露従軍の折持っていた写真

広しまでおれが馬鹿なことでもするだらうといふやうな事がおまへさんの手紙にあつたから歌をよんだ。お前さんは歌なんぞは分らせようともおもはない人だからだめだけれどついでだから書くよ。

わが跡をふみもとめても来んといふ遠妻あるを誰とかは寐ん

追つかけて来ようといふやうな親切に云つてくれるおまへさんがあるのに外のものにかゝりあつてなるものかといふ意味なのだよ。歌といふものは上手にはなか〳〵なれないが一寸やるとおもしろいものだよ。何か一つ歌にして書いておこしてごらん。直してやるから。

田山花袋との戦地での交友

正岡子規が日清戦争のおり従軍記者になったことでもわかるように、文学者が戦地に出かけることも多かった。博文館の『日露戦争写真画報』写真班の一員という資格で大陸に渡ったのが、小説家田山花袋である。既出の回想記『東京の三十年』には「陣中の鷗外漁史」の一章があり、広島の宿に訪ねた初対面以降、戦場で折に触れて訪問し、「第二軍に鷗外氏がゐると言ふことは、何んなに力強いことであつたか知れなかつた」と回想している。花袋の従軍記は、『第二軍従征日記』(博文館、一九〇五年一月)として出たが、そこには鷗外との交流はわずかしか記されていない。『東京の三十年』の記述の方が、従軍中のなまの鷗外の姿を伝えてくれる。

二人は同じ船に乗っていたが、立場上しょっちゅう往来はできない。大陸への航海中に、一度だけ鷗外のキャビンでゆっくり外国文学の話をし、ハウプトマン、メーテルリンク、ダヌンチオなどが話題になったという。

> 営口の雑貨店の一隅で、外国の小説の並べてあるのを発見して、Heinz Tovote の短篇集と Anatole France の “Bienchen” とを買つて来た。そしてそれを鷗外氏に見せた。『うん、これは難有い』かう言つて氏は、戸板を並べた上に白毛布を布いて、蠅を逐ふ払子を持ちながら、ぢきそれを読んで了はれた。

戦場でこのような体験をしたことを、鷗外も稀有なことと思ったであろう。ハインツ・タヴォーテ「死骸マリイ」とアナトール・フランス「蜂姫」については、『心の花』(一九〇四年九月)に「営口で獲た二書の解題」を寄せた。そうした文学的な感興が、時折生み出される詩、短歌、俳句につながっていったはずである。海城で花袋がチフスにかかり熱が下がらなかったときは、鷗外がよく面倒をみてくれたとのことである。花袋は「陣中の鷗外漁史」の最後に、「遼陽で別れをつげて帰る時、暇乞に行くと、『好いな、羨しいな。こつちは、これから段々遠くなるばかりだ』かう言つて鷗外氏はさびしく笑はれた」と記す。花袋が遼陽を出発し帰国の途に就いたのは一九〇四(明治37)年九月九日で、前日鷗外を訪ね夜更けまで話すが、そのさまは『第二軍従征日記』に記されている。帰国した花袋は観潮楼にお礼の挨拶に行くが、それを伝え聞いた鷗外は、花袋宛にはがき(十月四日付)を出して礼を述べている。

『うた日記』の世界

従軍時代に書かれた詩、短歌(旋頭歌などを含む)、俳句、訳詩を集めて、鷗外は『うた日記』(春陽堂、一九〇七年九月)を刊行した。一部は『心の花』『明星』に発表され、家族や友人に送られたものもある。題名に制作場所や日時が添えられているものもあり、文字通り詩歌による従軍日記の色彩を帯びている。花袋が、「陣中の鷗外漁史」の中で、刊行された単行本『うた日記』を読み、「私には非常になつかしく面白く思はれた。夫人や愛娘に対する歌が非常に多いのも面白いし、あゝして家郷を思はれたかと思ふと、于役の辛さなどがしみ〴〵と自分の身にも思ひ当つて来る」と書くのも納得がいく。そうした色彩があるのはたしかだが、この詩歌の世界はまた、平時とは違う戦場の鷗外の日常に、どういう心の揺らぎがあったのかを教えてくれる。「明治三十七年五月二十七日於南山」と題名下に記された詩「唇の血」の最終章、「誰かいふ 万骨枯れて 功成ると/将帥の 目にも涙は あるものを/侯伯は よしや富貴に 老いんとも/南山の 唇の血を 忘れめや」と戦争の悲惨を歌う直後に、短歌一首と俳句一句が記され、

夢か現
（明治三十七年十月三日[illegible]）

夕風にゆらぎて
電線ひびく
狭霧のうち
えらぬ間に窓の外
いつしか闇とはなりぬ
見るかぎりただ灰いろ

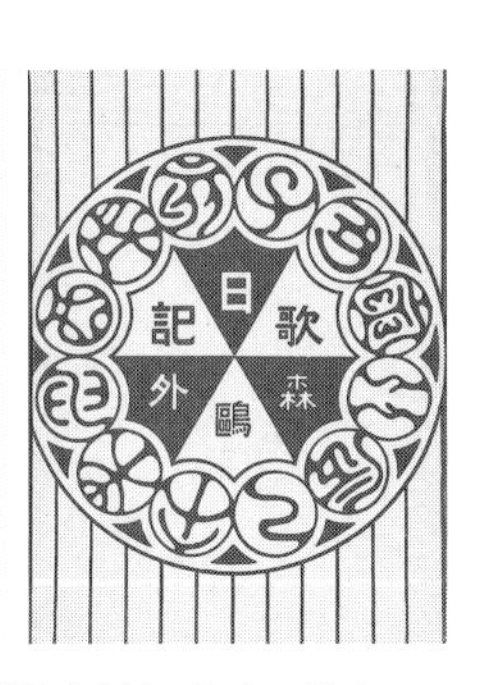

『うた日記』．右は函の意匠，左は「夢か現」冒頭．多くの絵や写真が見られる

次に「扣鈕（ぼたん）」という四行五連の詩が置かれている。5・7・5・7・7・7・7という、仏足石歌体（ぶっそくせきかたい）だ。

南山の　たたかひの日に
袖口（そでぐち）の　こがねのぼたん
ひとつおとしつ
その扣鈕惜（お）し

べるりんの　都大路（みやこおおじ）の
ぱつさあじゆ　電灯あをき
店にて買ひぬ
はたとせまへに

えぽれつと　かがやきし友
こがね髪　ゆらぎし少女（おとめ）
はや老いにけん

死にもやしけん

はたとせの　身のうきしづみ
よろこびも　かなしびも知る
袖のぼたんよ
かたはとなりぬ

ますらをの　玉と砕けし
ももちたり　それも惜しけど
こも惜し扣鈕
身に添ふ扣鈕

多くの兵士の死と、激しい戦闘の中でのボタン一つの亡失、その対応はあまりにも対照的だが、苦い思いに鷗外は浸る。「はたとせまへ」の思い出とともに、今に至る「よろこびもかなしびも」一瞬に想起される。ベルリンの都大路と南山の戦場、その違いの大きさに思いを馳せつつも、今すぐ死を迎えるかもしれない戦場での緊張感の中で、感傷に浸っている余裕はない。

鷗外が理解したのはそうした現実の生々しさであり、瞬時にそれに形を与え、すぐさま次の状況に立ち向かわなければならない体験をしたのだろう。危機を乗り越えるための短詩形による表現は、そのような状況で磨かれ、帰還後の、簡潔な、それこそ一晩で一気に書かれたと思われる小品の表現にまで、関係するように思う。

『うた日記』は近年再評価されており、岡井隆『森鷗外の「うた日記」』(書肆山田、二〇一二年一月)、今野寿美『コレクション日本歌人選067 森鷗外』(笠間書院、二〇一九年二月)をはじめとする歌人からの跡づけがあるが、そこに込められた想念の分析は、今後さらになされていくだろう。まさに、単行本の扉にそっと記された、「こちたくな判者とがめそ日記のうたみながらよくばわれ歌の聖」という一首に込められた、鷗外の自負を考えるべきだろう。

今後の読みを考えるとき、わたくしが思い出すのが、『うた日記』の中の「雲を見る眼」を鋭く分析した、大屋幸世『森鷗外 研究と資料』(翰林書房、一九九九年五月)の一連の『うた日記』論(初出一九七六年)である。漱石の最晩年の漢詩に現れた「雲」「白雲」に注意して『明暗』(岩波書店、一九一七年一月)を考えることがあるが、大屋は鷗外の短歌に定着された「雲」の表象から「鷗外の精神の何か異様なしずまりとたかぶり」を分析して、示唆的だ。「むらさきの渦雲ちらし段雲のうへに朝日ののぼりたるかな」、単なる叙景のように見えるこういった短歌一首にも、鷗外の見方がにじみ出ている。

9 新しい表現を求めて――『スバル』での活躍

常磐会と観潮楼歌会

一九〇六（明治39）年一月、凱旋後の鷗外の、軍医の組織における位置を心配した賀古鶴所は、鷗外を陸軍の長老、山縣有朋（やまがたありとも）と接近させることを狙って、歌会を定期的に開くよう計画する。六月十日に浜町の「常磐（ときわ）」での会合で協議され、のちに山縣の賛同を得た。「常磐会」と命名された会の第一回が開かれたのは、九月二十三日、賀古の自宅だった。選者は、佐佐木信綱・井上通泰・小出粲（こいでつばら）らである。その後、十月二十八日に第二回というように、定期的に開かれることとなる。

もう一つの動きが、観潮楼で開かれた鷗外主催の「観潮楼歌会」である。新しい短歌の流れを観潮楼から起こしたいという壮大な計画で、佐佐木信綱・与謝野寛・伊藤左千夫らを中心に、そこに新しい若者を組み込もうという作戦である。『心の花』『明星』に、根岸短歌会の『馬酔木（あしび）』（一九〇三年六月創刊）を加えた雑誌から新世代の文学者が呼ばれた。上田敏を始め、平野万里（ばんり）・石川啄木・吉井勇（いさむ）・北原白秋・木下杢太郎（もくたろう）ら、さらには『アララギ』（一九〇八年十月創刊）の斎藤茂吉など、この歌会に参加した人は多く、近代短歌史を動かすエネルギーが生まれたと言える。

第一回は一九〇七（明治40）年三月三十日、出席者は信綱・寛・左千夫・万里で、左千夫の寺田憲宛書簡（四月一日付）に、「主人先づ口を切り最も珍らしき会合なれば何か此会より生み出すべきものが無からうかとの事に有之候（中略）鷗外博士を前に置き思はす大気焔を吐き散らし顧みて一笑を禁せさりし等なか〳〵愉快に有之候」とある。

家族を函館に残して上京した石川啄木の初参加は、翌年五月二日で、出席者は、信綱・寛・左千夫・万里・勇・白秋らだった。歌会の様子は、啄木の吉野章三宛書簡（五月七日付）に、「御馳走は洋食。角、逃ぐ、壁、鳴、とる、の五題を結んで一人五首の運座。歌は大抵忘れて了（しま）つたが、採点の結果、鷗外十五点、万里十四点、僕と吉井君と寛氏が各十二点、白秋七点、信綱五点、左千夫四点といふ順で、鷗外氏は、「御馳走したキ、メが現はれたやうだな。」と云つて笑はれた」とある。啄木は五月四日に友人金田一京助のいる本郷菊坂の下宿に合流して小説を書き続け、七日に鷗外宛にも端正な文字で、次の書簡を送っている。受け取った鷗外は、どう思ったであろうか。

養はねばならぬ家族をも当分函館の友人に頼み置きて、単身緑の都には入り候ふものの、色々なる市の物音、珍らしければにや頭の中をくすぐられる様になつかしく耳につきて、まだ物書く心地にもならず、かくては飢ゑて死ぬべきをなど思ひかへしつゝ、矢張うつら〳〵と煙草のみ吹かし居候〔中略〕

私の心は、今、月朧ろにて袖の揺るるにも花の散る詩歌の故郷を旅立ちて、散文の自由の国土にあこがれ居候、書かばやと思ふ事は一つ二つならねど、何れより先きに書くべきかとも定めず、短きものよりは長き物書きたく候へど、長き物ならば書きはてぬうちに飢ゑ申べしなど、友が情けの椅子の上、思ひは色々にて、卓子の上の筆のみは更に動かず、この心若し鏡にうつり候ふものならば、猿の児の人真似、我ながら笑ひ出候ふべき乎、

六月四日には、書き上げた小説原稿を持って鷗外を訪ね、雑誌社への紹介を依頼する。感興はわくものの創作に行き詰まっていた時期を過ぎ、六月二十三日夜から二十五日にかけて、啄木は短歌を作り続けるという稀有な体験をすることになる。「東海の小島の磯の白砂にわれ泣きぬれて蟹とたはむる」「たはむれに母を背負ひてそのあまり軽きに泣きて三歩あゆまず」などの絶唱がこのとき生まれた。鷗外との関係が、遠い引き金になったのであろうか。

『心の花』への寄稿

森家にはこの時期、さまざまな変化があった。一九〇六(明治39)年七月十三日に、祖母清子が八十六歳の生涯を閉じた。一方、一九〇七(明治40)年八月四日には次男不律が生まれている。一九〇八(明治41)年一月十日に弟篤次郎が四十歳の若さで亡くなる。二月五日には、百日咳で次男を失ってしまう。長女茉莉も百日咳で苦しみ、それを見ていた鷗外には苦しみをやわらげようと処置する思いまで一時生まれた。そうした中、鷗外は一九〇七年六月十八日に、首相西園寺公望公による文士招待の「雨声会」に出席し、十一月十三日に、軍医としての最高位、陸軍軍医総監、陸軍省医務局長に就任する。朝の新聞報道を見て、観潮楼には電報が数十通届いたという。公務のほか、一九〇八年六月三十日には、文部省の臨時仮名遣調査委員会で「仮名遣意見」を演説、安易な新仮名遣いの採用に反対する論陣を張った。

一九〇八年正月以降、日記をつけ始める。思いを書き付けるというより、簡潔な日常の記録として行動のさまが記述され、それが最晩年まで続いている。多くは、市販の「当用日記」にペン書きだ。この年は加賀山代温泉で越年しているが、年末年始、各地の兵営や病院を視察する用務も忘れていない。正月二日の日記には温泉地の描写があり、「歳末より宿れる隣室の客酒を飲みて喧噪甚し」として、「べろべろの神さんは正直な神さんで、おささの方へおもむきやれ。どこへ盃さあしましよ。ここ等か、ここ等か」という歌詞を記している。こうした座敷歌といえば、夏目漱石が手帳に面白いと思って書きつけた、「金や太鼓でねー、迷子の迷子の三太郎と　どんどこどんのちゃんちきりん」云々の歌を、そのまま「坊っちゃん」（『ホトトギス』一九〇六年四月）の中に取り込んでいたことを思い出す。町中で歌われていたこうした歌詞を記録し、漱石は小説に引用することで作品に効果をもたらしたが、鷗外は日記に「壁ごしにゑひしれて罵(の)る声聞けば角ある人の群かとぞおもふ」と歌を書きつけ、思いを解消するのである。

日露戦争後、佐佐木信綱との交友が、詩歌にとどまらず、散文にまで広がって行くことも見逃せない。前出『明治文学の片影』中の「森博士と心の花」の一章では、『心の花』所載の作品のリストと、それに関わる思い出が記されるが、詩歌や翻訳や講演筆記に混ざって、「朝寐(あさね)」（一九〇六年十一月、百号記念号）、「有楽門」（一九〇七年一月）の二作の小説の名が見え、「ともに「腰弁当」といふ変名で出された。出征から帰られて後、執筆された小説の中で、最も早いものであらう」という説明がある。勤め人の代名詞「腰弁当」はこの時期のみの署名で、そこにも鷗外の自己意識が垣間見える。

「朝寐」は、「われ」が戦争の前線で取材する新聞記者の小島君のことを書くという設定で、「教育あるぼんち」である彼の「善き人なれど朝寐坊」を止めない人となりを描く。第二軍にいた小島信篤がモデルとされるが、戦争の現実を「朝寐」をすることで相対化する人物の形象には、従軍体験を少しずつ距離を置いて見ていく心情が生まれたことをうかがわせる。

「有楽門」は、日露戦争後の路面電車の隆盛を背景に、交通の要所日比谷公園横の停留所における、乗り換えで混雑する人々の姿を突き放して描く小品である。胸に金鵄(きんし)勲章をつけた軍人も、この混雑の中では一人の乗客だ。終盤、やっと人々の動きがおさまり、車内は子どもの歌う「玉の宮居(みやい)は丸の内、近き日比谷に集まれる、電車の道は十文字」という「電車唱歌」(一九〇五年発表)の声で満たされる。「つ」「ぬ」「たり」の文末語を用い、一文一文を簡潔に記すことで、客観的な視点から描くという工夫がなされている。一九〇三(明治36)年に開園した日比谷公園で日露講和条約反対国民大会が開かれ、人々が暴徒化したのは、一九〇五(明治38)年九月のことである。現在の読者は、そうした出来事を複眼的に見る立場に身を置くことができるのである。

臨時脚気病調査会にて

一九〇八(明治41)年七月、「臨時脚気病調査会」が国の組織として発足する。鷗外は会長となり、長くそこで活動した。発足に至るまでには、兵の脚気病撲滅のために兵食を麦に切り替えていた海軍と、あくまでも米食にこだわった陸軍との対立もあった。

鷗外はドイツ時代の体験から、脚気と米食との因果関係の新研究に必ずしも目が向いておらず、石黒忠悳以来の考え方にくみし、米食の継続による脚気蔓延を止められなかった。調査会で新たな研究と統計学的数字が明らかになることで、鷗外も考えを変えざるを得なくなるが、伝染病研究所所長となった北里柴三郎との対立も、改めて顕在化することになる。

雑誌『スバル』の発刊

第二次『早稲田文学』創刊(一九〇六年一月)、博文館の『文章世界』創刊(同年三月)、易風社の『趣味』創刊(同年六月)など、一九〇六(明治39)年は新しい文学の動きが顕著だった年である。自然主義文学の勃興は、文学者の動きにも影響を与えた。島崎藤村『破戒』(自費出版、一九〇六年三月)、田山花袋「蒲団」(『新小説』一九〇七年九月)、東京朝日新聞社に入社した夏目漱石『三四郎』(一九〇八年九月〜十二月)など名作、問題作が目白押しだったが、この頃の鷗外は従軍もあり文学界での存在感はもう一つだった。そうした中で、鷗外にとって大きな刺激になったのが、雑誌『スバル(昴)』の創刊である。

鷗外日記は鷗外の日常を示すとともに、当時の文学界の動きを教えてくれる。一九〇八(明治41)年十月七日の条に、「夜与謝野寛、平野久保(ひさやす)、佐佐木信綱来話す。与謝野は明星終刊号の事を議(はか)るなり」とある。『明星』が百号を出して終刊したのが十一月で、一方新しい雑誌の創刊という別の動きがあり、翌年一月に創刊することになる雑誌の準備が、平野万里（本名久保）を中心に進んでいたのである。『スバル』は必ずしも『明星』の後継誌というわけではないが、『明星』に集った文学者が結果的に『スバル』を支えることになり、その要の位置にいたのが、鷗外だったわけである。

『スバル』創刊号（一九〇九年一月）を、手にとって見てみよう。編集は平野万里で、巻頭に「附録」という扱いで、活字の大きな一段組で、「森林太郎作」の戯曲「プルムウラ 一幕二場」が掲載され、「某生記」として巻末の「消息」に、「森先生は愈御健全毎号必ず御執筆あるべく候」と記される。さらに興味深いのは、裏表紙に「森林太郎氏のカリカチュウル」として、浅井忠・和田英作・中村不折・鹿子木孟郎の四人のスケッチが並べられていることだ。鷗外と仲間との深い関わりの中でこの雑誌が出ていることを、暗に示すかのようである。

『スバル』創刊号の裏表紙

若い文学者の活躍

翌月の第二号は、巻頭に木下杢太郎の戯曲「南蛮寺門前」が載った。杢太郎の回想「『南蛮寺門前』」（『冬柏』一九三〇年四月）には、脱稿は一月十八日午後四時半、「大急ぎで浄書し、森先生の御宅へ電話をかけると、来てもよいといふ返事であつた」とある。鷗外日記にも、「夜太田正雄〔杢太郎の本名〕、平野久保来話す。太田は新作脚本南蛮寺門前の稿を持ち来たりて示す」と記されている。単行本『南蛮寺門前』(春陽堂、一九一四年七月)の長文の「跋」には、その夜の鷗外の対応が詳しく記録されている。

森博士は例の微笑を以て原稿を読み了り、其眼を紙から放されながら一寸間を置き、それから軽い揶揄の調子で、大ぶいろんなものが並べてあるねといふ意味のことを言はれた。それから少時して、然し劇的の Zuspitzung が足りなく、且 Rhetorik がまづいと附け加へられた。

「Zuspitzung」(先鋭化)が足りないというのは厳しい批評だが、書き直す時間はない。杢太郎は、発行日の関係もあり、そのまま印刷所に回したのであろう。鷗外は若者の冒険を受け入れつつも、さらなる飛躍を期待したのである。発表から五年後、尾上菊五郎(六代目)の目に留まり一九一四(大正3)年十一月初演されるが、ドイツ帰りの山田耕筰が音楽を付け、新しい「音楽劇」として生まれ変わる。そうした機運を生み出す原点に、鷗外がいたのである。

杢太郎の文学閲歴のなかでは、戯曲以外に、東京下町の情調に根ざした短篇群が印象的だ。

のちに小説集『唐草表紙』(正確堂、一九一五年二月)にまとめるときに、杢太郎は鷗外と漱石に序文を依頼している。

『スバル』第二号の編集は石川啄木の担当で、巻頭の杢太郎戯曲に対し、啄木は巻末に長篇小説「足跡」の冒頭を発表、「諸会合」欄には、一月九日の観潮楼歌会の記録が載り、斎藤茂吉の初めての参加がわかる。「希臘の瓶を抜け出でて文机の螺鈿の上を舞ふ女かな」(鷗外)、「一ならび巷の家の高低の泳げる軒に冬の日のまふ」(啄木)、「現し世はひよとこ面ての属目の或は時にをかしかるべし」(茂吉)など、当日の作品が紹介されている。同時に「パンの会」の記録も並んでおり、この年の芸術的盛り上がりが伝わってくる。

『スバル』第三号の巻頭は、吉井勇の戯曲「午後三時」だった。吉井勇は、坪内逍遙が読売新聞で好意的な批評をしているのを読み、家の中に落ち着いていられず本郷三丁目の交差点でたたずんでいると、役所帰りの鷗外に呼び止められたという。「今日は読売で坪内君に賞められたたぢやないか。如何だ、これからおれのところへ遣つて来ないか」と言われついて行ったが、「先生の足があまり早いので、私はいつも遅れ勝ちになつたことだけを覚えてゐる」と回想する(「或る日の鷗外先生」、『新小説』臨時増刊「文豪鷗外森林太郎」一九二二年八月)。

「半日」の衝撃

これまでとは違った文体で作品を書いてみようという試みは、どういう意識から生まれるのだろうか。『スバル』第三号に、「森林太郎」署名の「半日」という題の小説が載った。巻頭ではなく三番目に置かれ、ページの途中から追い込みで組まれている。冒頭を読んだものは、誰でもその文体に驚いたに違いない。

> 六畳の間に、床を三つ並べて取つて、七つになる娘を真中に寝かして、夫婦が寝てゐる。宵に活けて置いた桐火桶の佐倉炭が、白い灰になつてしまつて、主人の枕元には、唯だ心を引込ませたランプが微かに燃えてゐる。その脇には、時計や手帳などを入れた小蓋が置いてあつて、その上に仮綴の西洋書が開けて伏せてある。主人が読みさして寝たのであらう。
>
> 一月三十日の午前七時である。西北の風が強く吹いて、雨戸が折々がたがたと鳴る。一間隔てた台所では下女が起きて、何かことことと音をさせてゐる。その音で主人は目を醒ました。
>
> 裏庭の方の障子は微白い。いつの間にか仲働が此処の雨戸丈は開けたのである。主人は側に、夜着の襟に半分程、赤く円くふとつた顔を埋めて寝てゐる娘を見て、微笑んだ。夜

中に夢を見て唱歌を歌つてゐたことを思ひ出したのである。

主人は、今日は孝明天皇祭だから、九時半迄には賢所に集らねばならない日であつたと思ひ出して、時計を見た。自用車で、此西片町から御所へ往くには、八時半に内を出れば好い。ゆつくり起きても、手水を使つて、朝飯を食ふには、十分の時間があると思つた。

その時台所で、「おや、まだお湯は湧かないのかねえ」と、鋭い声で云ふのが聞えた。忽ち奥さんが白い華奢な手を伸べて、夜着を跳ね上げた。奥さんは頭からすつぽり夜着を被つて寝る癖がある。これは娘であつた時、何処かの家へ賊がはいつて、女の貌の美しいのを見たので、強奸をする気になつたといふ話を聞いてから、顔の見えないやうにして寝るやうになつたのである。なる程、目鼻立の好い顔である。ほどいたら、身の丈にも余らうと思はれる髪を束髪にしたのが半ば崩れて、ピンや櫛が、黒塗の台に赤い小枕を附けた枕の元に落ちてゐる。奥さんは蒼い顔の半ばを占領してゐるかと思ふ程の、大きい、黒目勝の目をぱつちり開いた。そして斯う云つた。「まあ、何といふ声だらう。いつでもあの声で玉が目を醒ましてしまふ。」それが大声で、癇走つてゐるのだから、台所へは確に聞えたのである。

一体台所で湯の沸くのが遅い小言を言つたのは誰であるか。これは主人文科大学教授文学博士高山峻蔵君の母君である。

長く引用したのは、こうした夫婦と小さな娘の三人の朝方の様子を描くこの小説が、当時どういう印象を読者に与えたのかを考えたいと思ったのである。三月八日の啄木日記には、「スバル三号とゞいた。森先生の(半日)を読む。予は思つた、大した作では無論ないかも知れぬ。然し恐ろしい作だ——先生がその家庭を、その奥さんをかう書かれたその態度!」とある。四月から、日常の生々しい体験を「ローマ字日記」として書くことになる啄木にとって、こうした素材は驚きだったのであろう。誰が見ても、高山峻蔵は鷗外であり、その家族が描かれたと思うはずだ。

「三人冗語」のときからそうであったが、明治の文芸時評は、時々の雑誌に発表された作品が対象だった。『スバル』という拠点を持ったこの頃から、鷗外作品は時評の対象となり、時代のなまの反応がいくつも見られるようになる。では、文芸時評には、どのように扱われていたろうか。相馬御風「三月の小説壇」(『早稲田文学』一九〇九年四月)は、まず「鷗外氏の小説と云ふだけで、少なからぬ興味を以て読んだ」と言い、「習慣にも道徳にも圧服されない我儘な妻を中心として古い習慣と道徳とでそれをしばらう〳〵として居る養母、その妻と母との間に立つて苦しみつゞけて居る夫ウロ〳〵寄り所のないやうな子供、それ等のガタビシ云つて居る壊れかゝつた家庭の様子が能く描かれて居る」とする。内容については間違いではないが、なんだか物足りない。霹靂火（千葉亀雄）の「三月の小説界（下）」（国民新聞、同年三月二十日）には、「科学的に解剖する、細かい内省的の態度は、矢張り昔と違はぬ。甘やかされた、娘らしい夫人と、夫を中心とした家庭の空気の印象が、刻明に、鮮明に浮んで居る。厚味のある平面描写だ」とあり、自然主義文学特有の概念「平面描写」の四文字に、簡単に収斂させてしまっている。

「半日」の世界は、「主人」（高山峻蔵）、その若い美人の「奥さん」、娘「玉」、その「母君」の、孝明天皇祭（一月三十日）の朝から昼までの人間模様である。物語の設定や時間の処理などで、鷗外が体験した事実との相違点も多く、鷗外の家庭の内実がうかがえると言っても、かなりの創作的処理がなされている。文体も初期の小説とは違って平明な言文一致で、人物の言葉から日常がリアルに浮かび上がる。この作では登場人物の心理を描く語り手の位置づけがしっかりとなされていることは、見落とせない。人物の思いは複雑で、「一家団欒」とは違う「睨合」の様相だが、物語を進める語り手との距離感によって、「一体おれの妻のやうな女が又と一人あるだらうか」という思いの先までは行かない。高山博士の心中を語り手は、感情に流されずに描写している。この作を書きながら、鷗外は体験を見据えることの試みができたと言ってよい。

母峰子の日記

ここで思い出すのは、わたくしたちに別の視点を与えてくれる資料の存在である。鷗外の母峰子の日記が伝わっており（現在、天理大学附属天理図書館蔵）、山﨑國紀編『森鷗外・母の日記』（三一書房、一九八五年十一月、増補版一九九八年四月）として活字化されている。一八九九（明治32）年から一九一五（大正4）年までの十七年間の日記だが、断片的記述のみの年も多く、主に日露戦争従軍期の鷗外と観潮楼の人々との様子を伝えている。興味深いのは、「半日」に描かれた一九〇九（明治42）年の二月、三月の鷗外周辺の人々の様子が記され、鷗外日記を補う記述が見られることである。

二月十一日、鷗外は「妻明舟町に往きて宿す」と書くが、峰子の日記では「茂子芝に行きこの夜帰らず」と生々しい。明舟町、芝は、志げの実家のことだ。その後も見比べてみよう。

十五日　半日の稿を太田〔杢太郎〕に渡す。（鷗外日記）
茂子を病人と考へて於とを連て外へ出ては如何等言ふ事もあれども、別におもしろきこと無し。（峰子日記）

二十日　昨夜、茂子、夜半に外出するとて大騒ぎといふ。（峰子日記）

二十四日　是日俸給を受け取り帰りて、これよりみづから会計をなすこととす。（鷗外日

記）

三月三日　半日昴に出づ。（鷗外日記）

家庭内の事情はうかがえるが、そうした最中に書かれた「半日」がどういう働きを持ったかは、これだけではわからない。外的には、「けふも茂子不在。過る四日、スバルといふ雑誌に、半日といふ小説、茂子のことを書たるもの故、中々面倒なり。其ことにて行たるかとも思ふ」（峰子日記、三月十日の条）という事情があったろうが、鷗外は同じ十日に「双陸（すごろく）を買ふ」と記し、四月三日の条に、「妻に勧めて母上と双六をなさしむ」と記すだけだ。その後、家庭は落ち着いたようで、峰子日記の五月二十一日の条には、「このひ茂子おとなしく成り、林太郎も自身も嬉し。小説のおかげかと思ふ。〔中略〕三月より双六盤を求め毎日、茂子と於とと一緒にふりて遊ぶ」と描かれるようになっている。その間何があったかは定かではないが、志げは何かが吹っ切れたのであろう。

ここで注意すべきは、佐藤春夫「「半日」のことなど――附「魔睡（ますい）」、「一夜」、」（岩波書店版『鷗外全集』月報「鷗外研究」第一号、一九三六年六月）に、「半日」の続きの「一夜」という作品が書かれたが、志げが破棄を求め鷗外がそれに応じたので存在しない、とある事実である。破棄することが、すぐさま志げとの不和をやわらげることをもたらすわけではなかろうが、自分たちの日常を書くことで鷗外が自己の生活基盤を見直すことになったことは事実なのであろう。

中野重治『鷗外 その側面』(筑摩書房、一九五二年六月)の「「半日」のこと」「しげ女の文体」の二章は、この間の鷗外の心情を分析、「鷗外は、芸術上の問題と家庭生活の一つのわたくしごととをうやむやにつき交ぜ、別範疇(はんちゅう)のものを取替えにし、弱々しく、便宜的に、妥協して事を処置したのである」と厳しいが、文壇の表面的な見方、作品が家族に及ぼす作用、そうしたものの奥に、醒めた眼で自分を突き放して観察する意識が潜んでいたのではないか。「便宜的に、妥協して」という以上の、小説を書くことで手に入れた体験があったように思う。

森志げの書いた小説

『森志げ小説全集』上下二巻(〈津和野〉森鷗外記念館、二〇一二年三月)を手にとった人は、志げが書いた小説がこんなにあることに驚く。一九〇九(明治42)年五月二十七日に次女杏奴(あんぬ)を出産した志げは、鷗外の影響もあり、鷗外との新婚生活を描く「波瀾」(『スバル』一九〇九年十二月)、最初の結婚に取材した「あだ花」(同、一九一〇年一月)などを発表、小説集『あだ花』(弘学館、同年六月)を刊行する。「新しい女」の拠点であった雑誌『青鞜(せいとう)』(一九一一年九月創刊)には、最初から「賛助員」として参加し、その活動には鷗外も好意的であった。観潮楼の近所に、『青鞜』発行所の物集和子(もずめかずこ)の家があり、平塚らいてう「鷗外夫妻と『青鞜』」(『文藝』一九六二年八月)によると、物集和子がいつも森家とのお使いをしてくれたという。鷗外が雑誌名を決めたという話も伝えられるが、そのようなことはないと、らいてうは記している。

代表作「波瀾」は妻の側から夫婦の生活を描く。夫婦の日常的な会話も記されるが、「半日」とは違ったやや節度のある文体だ。しかし、新婚早々、夫が避妊行為をしていることを知るくだりなど、きわどい話題もある。新妻が、「わたくしね、あんまりお話がしにくうございますから、それではね、手紙に書いて申上げますわ」と言ってそのことを手紙に書くという一節などは、鷗外が志げに小説を書かせて、気持の発散を促したことを考えると、そのような話もさもありなんと思われる。夫は手紙を読み、「只お前には余り苦労をさせたくないと思つたのだ」とし、「もう喧嘩は廃せ廃せ」と言うが、これではいかにも男の論理だ。志げの作品には鷗外の筆が入っているとも言われるが、鷗外がどのように家庭の問題を自分の作品世界に組み込んだかについては、さらに分析が必要であろう。

「追儺」と「魔睡」

一九〇九年、鷗外は生前単行本に収めなかった作品を含むいくつかの問題作を執筆する。まず、この年、料亭新喜楽で見た珍しい豆まきの様子を書いた「追儺」(『東亜之光』一九〇九年五月、作品集『涓滴』所収)の中で、「僕」は、「小説といふものは何をどんな風に書いても好いものだ」という「断案」を下す。役所から帰ったあとの「夜の思想」から、作品を書くというわけである。

四月十一日脱稿の「追儺」に続き、四月三十日には「魔睡」(『スバル』一九〇九年六月)が書かれる。法科大学教授大川渉(わたる)の妻が、母の診察に付き添い磯貝博士を訪問したとき、魔睡術を受けたという事件を軸に展開する。妻が意識を失っていた時間があり、そのとき何があったかは夫婦間の「疑惑」となり、大川を悩ませる。「魔睡」の二文字は、北原白秋の『邪宗門』(易風社、一九〇九年三月)の冒頭の章題でも使われていた。通常の「麻酔」ではなく「魔睡」の字が当てられており、時代性がうかがわれる。夫婦間の秘密を扱うこの作に敏感に反応したのが、徳田秋江(しゅうこう)(のち近松秋江と改名)だった。妻が若い男と家を出て、秋江はその別れた妻の行方を執拗に探索、それを作品に書いて注目されることになる。

「ヰタ・セクスアリス」の執筆

そして、六月九日、鷗外は「ヰタ・セクスアリス」という題の中篇を脱稿する。すでに名前を出して触れたが(一二ページ)、もう一度作品を見つめてみたい。「金井湛(しずか)君は哲学が職業である」の一文で始まり、金井の六歳から二十一歳で洋行するまでの性欲史が展開される。「哲学が職業である癖に、なんにも書物を書いてゐない」金井は、一方で、「小説は沢山読む。新聞や雑誌を見るときは、議論なんぞは見ないで、小説を読む」という人物だ。しかし、「金井君は芸術品には非常に高い要求をしてゐるから、そこいら中にある小説は此要求を充たすに足りない。金井君には、作者がどういふ心理的状態で書いてゐるかといふことが面白いのである」という。そこで、「一体性欲といふものが人の生涯にどんな順序で発現して来て、人の生涯にどれ丈関係してゐるか」を探ろうとし、自分のことを振り返るのである。冷めた目で見つめる態度で描かれた性欲史は、たしかに緻密だ。問題は、振り返るたびに生まれる違和感である。

　六歳で春本に接したときの「〔それを見ていた〕二人の言語挙動を非道く異様に、しかも不愉快に感じた」感覚に始まり、性欲から距離をとって観察する態度が描かれる。さまざまな体験の思い出は、「不必要な衝突の偶然に繰り返される」ばかりであるように感じられ、それを書くのは「無意義ではあるまいかと疑ふやう」になる。他人に読ませるものを書いたのではなく、自分が読み返しても感興はわかない。そうした金井湛の手記の執筆は、そのまま続くことにはならないだろう。「金井君の書いたものは、普通の意味でいふ自伝ではない。それなら是非小説にしようと思つたかといふと、さうでも無い。そんな事はどうでも好いとしても、金井君だとて、芸術的価値の無いものに筆を着けたくはない」という屈折した想念からは、作品を成立させる基盤の不安定さが感じられる。このような性格を金井に付与してしまうと、作者は作品中を自由に動き回ることができずに、逆に拘束を強いられることにならないか。この作品には、そうした矛盾を抱えながら出発しなければならなかった事情があったように思う。

掲載された『スバル』第七号は七月一日付で発行され（全一四五ページ中、この作は九四ページの一挙掲載）、次第に多くの読者の目に触れることになる。この号が内務大臣平田東助の名で「発売禁止」処分になったのは七月二十八日で、その影響もあり、鷗外日記にあるように、「諸雑誌に Vita sexualis の評囂し」（八月一日の条）という状況になる。新聞や雑誌の時評でも多く取り上げられるが、評価はまちまちである。『新潮』（一九〇九年八月）の「最近の創作壇」では、徳田秋聲が、実作者の眼で、「書き手は非常に大胆で、忌憚なく書いてある」「描写が軽くて、面白い」と好意的に評した。しかし、八月六日の鷗外日記に、見落とせない一行がある。

> 内務省警保局長陸軍省に来て、Vita sexualis の事を談じたりとて、石本次官新六予を戒飭す。

「戒飭」とは、厳重注意、強く戒めることだ。鷗外の直属の上司である陸軍次官石本新六は、この機会をとらえて、活発な文芸活動を続ける鷗外を牽制しようとしたのである。そのため、この作品は、鷗外の生前どの単行本にも収録されなかった。さらに、その後の日記（十一月二十九日の条)には、「石本次官新六新聞紙に署名すべからずと警告す」とあり、より強い圧力がかけられていたことがわかる。

二葉亭四迷追悼

一九〇九(明治42)年五月十日、二葉亭四迷がロシアから帰国の途中、肺結核によりベンガル湾上で逝去した。鷗外は追悼文集『二葉亭四迷』(易風社、一九〇九年八月)のために「長谷川辰之助氏」を書いた。長谷川辰之助は二葉亭の本名である。「逢ひたくて逢はずにしまふ人は沢山ある」と書き出し、「長谷川辰之助君も、私の逢ひたくて逢へないでゐた人の一人であつた」と続ける。「舞姫」のロシア語訳も試みた二葉亭は、観潮楼にも訪ねてきたことがあり、鷗外はその折のことを思い出す。そして、最後にこう描く。

海が穏(おだやか)である。印度洋の上の空は澄みわたつて、星が一面にかがやいてゐる。程好く冷えて、和(やわら)かな海の上の空気は、病のある胸をも喉(のど)をも刺戟しない。久し振で胸を十分にひろげて呼吸をせられる。何とも言へない心持がする。船は動くか動かないか知れないやうに、昼のぬくもりを持つてゐる太洋の上をすべつて行く。〔中略〕長谷川辰之助君はぢいつと目を瞑(つむ)つてをられた。そして再び目を開かれなかつた。

洋上の二葉亭を想像した後で、「あゝ。つひ〳〵少し小説を書いてしまつた」と鷗外は書くが、その言葉には、自分と二葉亭の運命を重ねる心境が隠されていよう。人間二葉亭と、それを見つめる鷗外が重なる。

その直後、鷗外は『新潮』（同年十二月）に寄せた談話「予が立場（Resignation の説）」を発表する。「私は私で、自分の気に入つた事を自分の勝手にしてゐるのです」と言い、「西洋にある詞で、日本にない詞」として「Resignation」（諦念）が自分の立場だと表明し、「文芸ばかりではない。世の中のどの方面に於ても此心持でゐる」とする。が、この「諦念」は消極的なものではないだろう。一見そう見えるものの内部に秘められたエネルギーこそ、わたくしたちが見据えなければならないものなのである。

『涓滴』の彩り

この時期の、「半日」以降の作品の多くは、のちに作品集『涓滴（けんてき）』（新潮社、一九一〇年十月）に収録される。新潮社社長の佐藤義亮のすすめで出版されたもので、新潮社からの最初の書物となった。「涓滴」とはわずかな水の滴りのことで、「涓滴岩を穿つ」の成句もあるように、こうした小品でも集まるとある力を持つのだ、という意識が込められていたろう。収録順に、作品名を紹介する。
「杯(さかずき)」「花子」「独身」「桟橋」「あそび」「普請中」「木精(こだま)」「大発見」「電車の窓」「追儺」「懇親会」「牛鍋」「里芋の芽と不動の目」「ル・パルナス・アンビユラン」

これらの発表時期は、『三田文学』創刊(一九一〇年五月)以前と以後に分けられるが、『三田文学』以前の舞台は、『スバル』の他に『東亜之光』『美術之日本』『心の花』などである。中では「木精」と「杯」が、小品ながら印象的だ。「木精」(東京朝日新聞、一九一〇年一月十六日、十七日、署名「槖吾野人(たくごやじん)」、唯一の使用例)は、フランツが山に向かって「ハルロオ」と叫んでも木精は答えなくなってしまったが、「もう自分は呼ぶことは廃(よ)さう」と考えるという話だ。作品冒頭に、「このかくし名を用ふべく余儀なくされたる人の何人(なんぴと)なるかは、この文を読めば分る。この文の中に隠されたる寓意は、その何人の手に成れるかを知れば、又自(おのず)から解る」という端書きが添えられている。石本次官に対する挑戦的な文章だが、鷗外が夏目漱石主宰の「朝日文芸欄」に寄稿した唯一の作品である。後にも述べるが、当初は随筆または評論の寄稿を依頼されていたようだ。なお、「槖吾」はつわぶきの漢名であり、津和野の由来が「石蕗(つわぶき)の生える野」であることから、この署名には鷗外の故郷への思いを読み取ることもできる。

「杯」（『中央公論』一九一〇年一月）の書き出しは、この時期の、改行の多い簡潔な文章の代表として、印象的だ。

温泉宿から鼓が滝へ登つて行く途中に、清冽な泉が湧き出てゐる。

水は井桁の上に凸面をなして、盛り上げたやうになつて、余つたのは四方へ流れ落ちるのである。

青い美しい苔が井桁の外を掩うてゐる。

夏の朝である。

そして「自然」の文字のある杯を持つ七人の少女が登場、小さな杯を持つ八人目の少女はバカにされるが、「沈んだ、しかも鋭い声」でフランス語の一文を語る。「わたくしの杯は大きくはございません。それでもわたくしはわたくしの杯で戴きます」という意味だ。「言語が通ぜない」のだが、少女はかまわず、「徐かに数滴の泉を汲んで、ほのかに赤い唇を潤した」と作品は閉じられる。架空の情景描写や人物形象だが、かえって、明確な主張が際立っている。そこから鷗外の、自分の世界を守るという想念の核が広がる。

10　小説世界を広げる——『青年』の心理

永井荷風を推す

鷗外の活躍は、漱石主宰の「朝日文芸欄」の動きとも関係する。森田草平『続夏目漱石』（甲鳥書林、一九四三年十一月）は、その間の経緯を伝える。「鏡花子のあとの小説はまづ森鷗外氏を煩はしてみる積に候或は出来ぬかも知れず候へども其節は又何とか致す了見に候」（一九〇九年十一月六日付、池辺三山宛書簡）と書いた漱石の命を受けて、観潮楼歌会に出席するようになった森田草平が、漱石の意向を鷗外に伝えたのであろう。『それから』（朝日新聞、一九〇九年六月二十七日〜十月十四日）に続いて連載中の泉鏡花『白鷺』（東京朝日新聞、同年十月十五日〜十二月十二日）のあとの作品を探していた漱石だが、もとより軍医の公務のある鷗外は、表向きの執筆活動はできない。そうした過程で、永井荷風の名があがってきたのであろう。草平の回想記にこうある。

先生〔漱石〕の命を承けて、同欄開設前から方々へ原稿の依頼に廻つた。〔中略〕先づその手初めに、永井荷風氏〔中略〕の許へ新小説の依頼に行つた。気難かし屋で、短篇一つもなか〳〵承引されないやうに聞いてゐたが、先生の名で依頼したことでもあり、載る場所も朝日であつたからであらうか、その時は快く承諾してくれられた。〔原稿料は一回分金五円、その後も一切それに準じた。〕それから鷗外先生のお宅へも随筆乃至評論の御依頼に伺つた。〔中略〕原稿料は随筆だと云ふので、一回分金二円、一枚五六十銭ぱ——それつぱかり金で持参するのも失礼だといふので、やはり先生の命を承けて、一度なぞは雛人形を買つて持参したことを覚えてゐる。

こうして書かれたのが、荷風の『冷笑』、そして鷗外の「木精」だった。依頼を受けた荷風は、十一月末漱石を訪ね(二人の唯一の面談)、『冷笑』(同年十二月十三日〜一九一〇年二月二十八日)の連載が始まった。

鷗外と漱石をつなぐ人物が、森田草平である。漱石は、草平に託して献辞署名入りの著書を、鷗外に贈った。一方草平は、鷗外の「影と形 一幕二場(煤烟の序に代ふる対話)」(『スバル』一九〇九年十二月)を、自著『煤烟』第一巻(金葉堂・如山堂、一九一〇年二月)の「序」として掲げている。鷗外の、草平と平塚らいてうの安易な心中未遂事件である「煤烟事件」に対する批評の気持が込められている一文だ。

一九一〇（明治43）年に入り、一月に新たな出来事が見られた。「交詢社（こうじゅんしゃ）にゆく。慶應義塾文学部刷新の事を議す。上田敏、永井荷風等を推挙す」（一月二十七日の条）と日記にあり、鷗外は、早稲田大学の旺盛な文芸活動に対抗する意欲を見せた慶應義塾の、その後のさまざまな動きに関係していくことになる。日記や上田敏宛、永井荷風宛書簡などからその動きはわかる。京都帝国大学教授の上田敏の移籍は叶わず、荷風が急遽、文学部の教授に抜擢されるのだが、「小生に於て此回の件は是非貴兄の御承諾を得ずては已まざる決心に候」（二月四日付、荷風宛書簡）との一文に示された鷗外の荷風への期待の前では、荷風も決心せざるを得なかったろう。鷗外と上田敏は、「文学部顧問」として協力することとなる。

刷新を急いだ慶應義塾のために、荷風は鷗外と連絡を取りつつ、いろいろと相談にのってもらったことが、残された資料からうかがえる。二月、慶應義塾文学部教授永井荷風が誕生し、五月、『三田文学』が創刊される。鷗外は毎号執筆することを約束し、『スバル』『三田文学』を拠点とする鷗外の創作活動が、一層加速されるわけだ。

観潮楼を訪ねるとき

荷風にとって、観潮楼を訪ねるときは、至福の時間だったろう。鷗外日記にも、荷風が訪ね

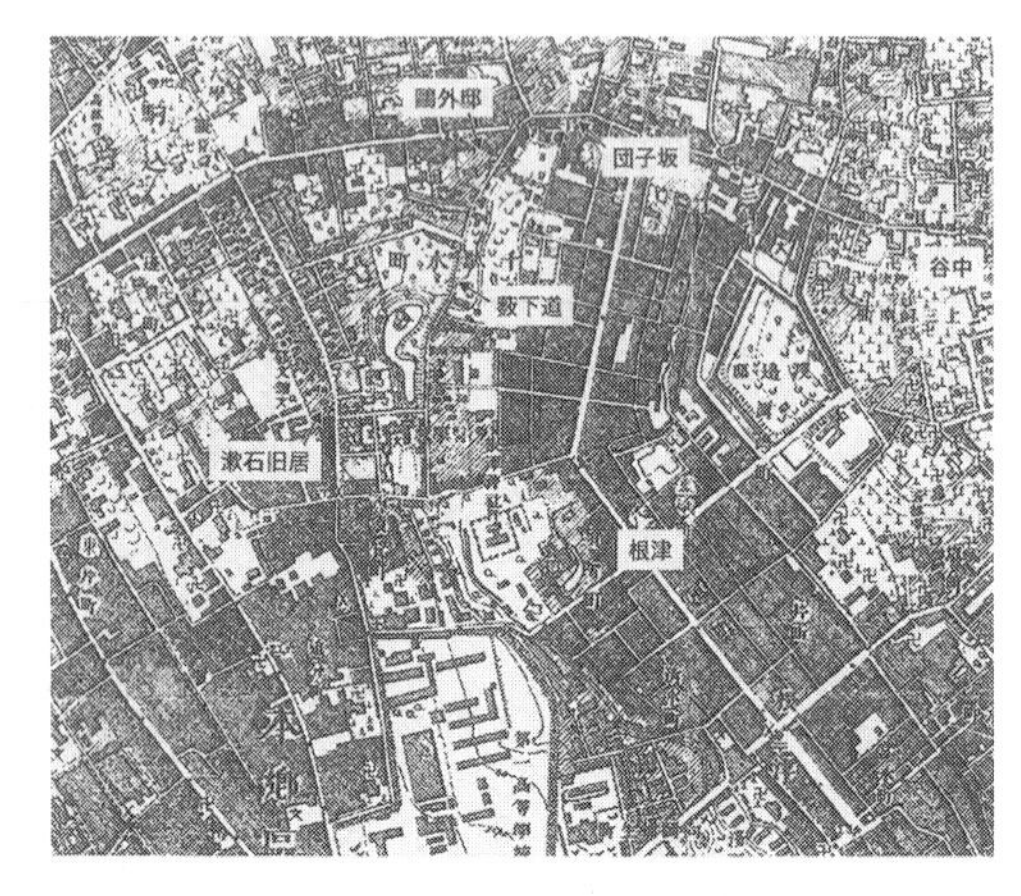

観潮楼の近辺．大日本帝国陸地測量部の地形図(1910年)にもとづく

てきたという記述は多い。荷風の随筆『日和下駄』の一章「第九　崖」(『三田文学』一九一五年二月)にはこの時期の鷗外の姿が描かれており、何にも代えがたい一文だ。「根津の低地から弥生ケ岡と千駄木の高地を仰げばこゝも亦絶壁である。絶壁の頂に添うて、根津権現の方から団子坂の上へと通ずる一条の路がある。私は東京中の往来の中で、この道ほど興味ある処はないと思つてゐる」とし、「当代の碩学森鷗外先生のお屋舗はこの道のほとり、団子坂の頂に出やうとする処にある」と紹介する。

日中はまだ残暑の去りやらぬ初秋の夕暮であつた。先生は大方御食事中でもあつたのか、私は取次の人に案内されたまゝ暫くの間唯一人この観潮楼の上に取残された。楼はたしか八畳に六畳の二間かと記憶してゐる。一間の床には何かいはれの有るらしい雷といふ一字を石摺（いしずり）にした大幅がかけてあつて、その下には古い支那の陶器と想像せられる大きな六角の花瓶（かへい）が、花一輪さしてない為めに、却（かえつ）てこの上もなく厳格に又冷静に見えた。座敷中にはこの床の間の軸と花瓶の外は全く何一つ置いてないのである。額もなければ置物もない。

〔中略〕

恰（あたか）もその時である。一際高く漂ひ来る木犀（もくせい）の匂と共に、上野の鐘声は残暑を払ふ涼しい夕風に吹き送られ、明放（あけはな）した観潮楼上に唯一人、主人を待つ間（ま）の私を驚かしたのである。私は振返つて音する方を眺めた。千駄木の崖上から見る彼（か）の広漠たる市中の眺望は、今しも蒼然たる暮靄（ぼあい）に包まれ一面に烟（けむ）り渡つた底から、数知れぬ燈火を輝（かがやか）し、雲の如き上野谷中の森の上には淡い黄昏（たそがれ）の微光をば夢のやうに残してゐた。私はシヤワン〔十九世紀フランスの画家シャヴァンヌ〕の描いた聖女ジヱネヴイヱーブが静に巴里（パリ）の夜景を見下してゐる、かのパンテオンの壁画の神秘なる灰色の色彩を思出さねばならなかつた。〔中略〕

ところが、「ヤア大変お待たせした。失敬〳〵。」と云つて、先生は書生のやうに二階の梯子段を上つて来られたのである。金巾（かなきん）の白い襯衣（しやつ）一枚、その下には赤い筋のはいつた軍服のヅボンを穿いて居られたので、何の事はない、鷗外先生は日曜貸間の二階か何かでごろ〳〵してゐる兵隊さんのやうに見えた。

「暑い時はこれに限る。一番涼しい。」と云ひながら先生は女中の持運ぶ銀の皿を私の方に押出して葉巻をすゝめられた。先生は陸軍省の医務局長室で私に対談せられる時にもきまつて葉巻を勧められる。若し先生の生涯に些かたりとも贅沢らしい事があるとするならば、それはこの葉巻だけであらう。
この夕、私は親しくオイケン〔ドイツの哲学者〕の哲学に関する先生の感想を伺つて、夜も九時過再び千駄木の崖道をば根津権現の方へ下り、不忍池の後を廻ると、こゝにも聳え立つ東照宮の裏手一面の崖に、木の間の星を数へながらやがて広小路の電車に乗つた。

鷗外宛の荷風の絵はがき(一九〇八年十一月二十二日付、ワグナーのオペラの画像)が残っており、「先生が西国芸苑の清話にそゞろ蘇生の思致し候」とある。このときのことであろう。

「普請中」と「花子」

『涓滴』に収録された『三田文学』掲載の作品では、「普請中」(一九一〇年六月)がまず注目される。精養軒ホテルで、主人公の渡辺参事官は、ヨーロッパで関係した外国人の歌手と再会する。彼女はロシアからアメリカに渡り旅の興行をする途中で日本に立ち寄ったのである。冷たくあしらう参事官は毅然として、キスしようとする女に、「ここは日本だ」と言い放つ。外国人女性と日本人男性の登場はエリーゼ事件を思い起こさせるが、設定は全く違う。ただ、「ここは日本だ」という言葉には、このような設定を試みた鷗外の、近代化に対する批判と、それを鋭く表出しなければならない苦い思いが込められている。

その翌月の「花子」(同年七月)は、彫刻家ロダンが、フランスで興行中の、髪を高島田に結った日本の娘花子を自邸に呼び、その裸体のデッサンのモデルを頼むという、実際にあったエピソードをもとに虚構化し、ロダンの芸術観を巧みな筆致で描く作品だ。「ロダンの目は注意して物を視るとき、内眥に深く刻んだやうな皺が出来る。この時その皺が出来た。視線は学生から花子に移つて、そこに暫く留まつてゐる」という様子や、「Avez-vous bien travaillé?」(あなたはよく勉強しますか)というロダンの口癖などを上手に組み入れている。

ロダンが裸体のエスキスを書いている間に、虚構の人物である通訳の医学生久保田は、ロダンの書斎で、ボードレールの「おもちやの形而上学」を読んでいる。そこにロダンが出てきて話をする。

　「人の体も形が形として面白いのではありません。霊の鏡です。形の上に透き徹つて見える内の焔が面白いのです。」
　久保田が遠慮げにエスキスを見ると、ロダンは云つた。「粗いから分かりますまい。」
　暫くして又云つた。「マドモアセユは実に美しい体を持つてゐます。脂肪は少しもない。

筋肉は一つ一つ浮いてゐる。Foxterriers(フォックステリエエ)の筋肉のやうです。腱がしつかりしてゐて太いので、関節の大(おおき)さが手足の大さと同じになつてゐます。足一本でいつまでも立つてゐて、も一つの足を直角に伸ばしてゐられる位、丈夫なのです。丁度地に根を深く卸(おろ)してゐる木のやうなのですね。肩と腰の潤(ひろ)い地中海の type(チイプ)とも違ふ。腰ばかり潤くて、肩の狭い北ヨオロツパのチイプとも違ふ。強さの美ですね。」

これが作品の幕切れだが、「霊の鏡」「内の焰」「強さの美」など、ロダン芸術の根幹をなす語彙が散りばめられる。作者鷗外も、まさにそう考えているようだ。明治末にまだ活躍していたロダンを顕彰して、『白樺』は全ページをあげて「ロダン号」(一九一〇年十一月)を出すが、ロダンの芸術はやっと日本人に知られるようになった時期である。それに先駆けて、これだけの内容のあるロダンの人物描写は、図像のない文献だけにもとづいているにもかかわらず、見事だ。ロダンの芸術観は本人の文章ではなく、周辺にいた人物の聞き書きで伝わった。ポール・グセル筆録の *L'art*(一九一一年)が刊行される前に、鷗外はその概要を理解していたのである。『鷗外選集』(岩波書店、一九七八年十一月〜一九八〇年七月)の「解説」を集成した小堀桂一郎『森鷗外——文業解題(創作篇)』(岩波書店、一九八二年一月)に、「当時鷗外が取り寄せて読んでゐた *Berliner Tageblatt* といふドイツの新聞の文芸欄に何回かにわたつて連載されたロダンの談話」があり、グセルの著書の刊行前に、「独訳されて新聞に載つたこともあつた」と指摘されている。『白樺』の「ロダン号」に、鷗外の執筆はない。「花子」という作品で、すでに十分だったのであろう。

「椋鳥通信」の連載

旺盛な創作活動の一方、一九〇八(明治41)年以降の数年間は、数多くの翻訳の試みがあった。イプセン「ジヨン・ガブリエル・ボルクマン」(一九〇九年)、ワイルド「サロメ」(同年)、ハウプトマン「寂しき人々」(一九一一年)などの大作の翻訳だけでなく、独訳を通してのヨーロッパ各国の作品紹介はおびただしい。アンドレーエフ、アルチバーシェフ、リルケ、ポーなどのほか、埋もれたランド「冬の王」(一九一二年)などの佳品が鷗外訳で伝わっている。それら各国の短篇は、のちに『諸国物語』(国民文庫刊行会、一九一五年一月)として集成され、多くの読者を得た。

『スバル』発刊直後、第三号の誌面から、無名氏による「椋鳥(むくどり)通信」という西洋文化の断片的な消息記事が連載された(一九一三年十二月まで)。これも鷗外の仕事で、当時これほどのいち早い西欧芸術の紹介記事は他に見当たらない。岩波書店版『鷗外全集』で一巻分の、膨大な分量だ。近年研究が進み、山口徹(とおる)『鷗外「椋鳥通信」全人名索引』(翰林書房、二〇一一年十月)、金子幸代(さちよ)『森鷗外の西洋百科事典――「椋鳥通信」研究』(鷗(かもめ)出版、二〇一九年五月)が出ており、

「椋鳥通信」そのものも、岩波文庫の全三冊(池内紀編注、二〇一四年十月～二〇一五年十月)で読みやすくなった。まさに二十世紀初頭の西洋文化の万華鏡である。鷗外が執筆に当たり、どういった文献を日々読んでいたかを、うかがわせる。「椋鳥」の語は地方から都会に出て来た者という意味合いで使われており、西洋からみると日本にいる自分は「椋鳥」であるという意識が込められていよう。

『青年』の世界

一九〇九(明治42)年六月、春陽堂から「東京方眼図」という一枚刷りの大判の東京の地図が発行された。「森林太郎立案」とある。たくさんの方眼が見え、縦が「一」から「十二」、横が「い」から「ち」となっている。続いて八月に帖仕立ての縦長の一冊が出て、細かく切断された地図とともに町名索引が整備され、「コマゴメニシカタマチ駒込西片町本郷ほ二三」と引くと、地図の当該箇所(ほ二・ほ三)にたどり着くことができる。明治末の町名の読みが理解でき、便利だ。「ニシカタチョウ」と読みまちがえなくてよい。ベルリン・パリ・ロンドンなど、ヨーロッパの大都市ではこうした地図が作られており、便利だと感じた鷗外は、それに倣ったのであろう。

この地図を片手に、山口と推定される地方から初めて上京した一人の青年がその冒頭に登場する長篇が、鷗外の『青年』(『スバル』一九一〇年三月〜一九一一年八月、のち籾山書店、一九一三年二月刊)である。

小泉純一は芝日蔭町の宿屋を出て、東京方眼図を片手に人にうるさく問うて、新橋停留場から上野行の電車に乗つた。目まぐろしい須田町の乗換も無事に済んだ。扨本郷三丁目で電車を降りて、追分から高等学校に附いて右に曲がつて、根津権現の表坂上にある袖浦館といふ下宿屋の前に到着したのは、十月二十何日かの午前八時であつた。

人物の行動の起点となる場所と時間設定(すぐ後の描写で、一九〇九年十月二十六日とわかる)がくっきりとしており、読者をその起点に一気に誘導する。『青年』が、漱石の『三四郎』の影響で、鷗外が「技癢」(腕がムズムズすること)を感じて書かれたことは、よく知られている。東京人漱石は地方から上京する門下生を見ているが、鷗外はそれとは違い、自身が上京の体験を持っていた。おのずから青年を規定する文化や習慣、さらにメンタリティなどの面で、違った造型がなされることとなる。

冒頭の東京のさまざまな場所や建物の羅列を見直そう。「新橋停留場」に着き、駅の傍の「日蔭町の宿屋」に泊まった小泉純一は、「電車」に乗り、「高等学校」の横を通り、先輩作家大石路花の住む「袖浦館」という「マッチの箱のやうな擬西洋造」の下宿を訪ねる。時間が早すぎたため、「根津権現の表坂上」にあるその下宿を出た純一は、「会堂」(東京聖テモテ教会)や有名人の家の傍らを通り(その中には鷗外自身の居宅も出てくる)、団子坂の「菊細工の小屋」を見たり、「楽器製造所」の看板に興味を持ったり、「ゐで井病院」と間違った表記のある家を見たりする。混沌とした東京の、ある地域の姿に接して、純一に全くと言ってよいほど動揺が生まれていない。「東京方眼図」を手にし、東京を闊歩する純一は、すでに東京に住む者以上に、東京の情報を手に入れ、東京を見知っているのである。

小泉純一は、たとい、「色の白い、卵から孵ったばかりの雛のやうな目をしてゐる青年」であっても、「小説で読み覚えた東京詞を使ふ」人物で、同郷の画学生瀬戸速人から、「丸で百年も東京にゐる人のやうぢやないか」と批評される人物である。第一高等学校、東京帝国大学、といったエリートコースを最初から選ばず、地方にあって自力で文学を勉強し、「聖公会の宣教師の所へ毎晩通つて、仏語を学」び、パリの書店から書目を送ってもらい、「新刊書を直接に取り寄せてゐる」という青年である。妖艶な坂井夫人と知り合うきっかけとなる、有楽座での「John Gabriel Borkmann」の自由劇場公演に、上京後わずか一ヶ月の十一月二十七日に出かけて行く。

抽象的な知識や概念よりも、実際の生活の中で生きて動くのは、直感の世界であろう。人物との出会いにおいて、まずそれを支えるのが、相手の「目」に違いない。では、純一に、どういう女性の「目」が印象付けられたか。作品の力学を支えるのが、純一の貸りた谷中初音町の家のそばに住む愛らしい娘お雪と、根岸の邸宅に住む坂井夫人の二人であるのは、言うまでもない。お雪は、「ダアリアの花の間」から顔を出した、「幅の広いクリイム色のリボンを掛けた束髪の」、「大きい目」をした「中沢といふ銀行頭取の娘」で、いつも「微笑を湛へて」いる。「四」にこういう一節がある。

エドゥアール・マネ作「ナナ」

純一が国にゐるとき取り寄せた近代美術史に、ナナといふ題のマネエの画があつて、大きな眉刷毛を持つて、鏡の前に立つて、一寸横に振り向いた娘がかいてあつた。その稍や規則正し過ぎるかと思はれるやうな、細面な顔に、お雪さんが好く似てゐると思ふのは、額を右から左へ斜に掠めてゐる、小指の大きさ程づつに固まつた、柔かい前髪の為めもあらう。その前髪の下の大きい目が、日に目映しがつても、少しも純一には目映しがらない。

マネの油彩の大作「ナナ」(一八七七年)を詳細に説明しているが、鷗外は何かの書物で画像を見たのであろう。ナナは男を引きつける娼婦だが、お雪はあくまでも、山の手の純潔なお嬢さんの表象として造型されているのだ。

東京という空間

それに対し、男を引き寄せる魔的な「女」を代表する坂井夫人は、よりいっそう「目」の女だ。純一が知り合ったその人は、法科大学教授坂井恒(こう)の若い夫人坂井れい子であり、結婚から一年と経たないうちに夫を亡くした未亡人で、それまでの交際を絶って、「根岸の Villa 風の西洋造に住」み、これまでより「派手な暮らしをして」いるという。「スカンクスの奥さんは凄(すご)いやうな美人で、鼻は高過ぎる程(ほど)高く、切目の長い黒目勝(くろめがち)の目に、有り余(あま)る媚(こび)がある」と描かれる。三日後の十一月三十日、純一は引き寄せられるように、根岸の坂井夫人の邸宅を訪れる。「十」の「純一が日記の断片」の一節を、観察してみよう。

己(おれ)はあの奥さんの目の奥の秘密が知りたかつたのだ。

有楽座から帰つてから、己はあの目を折々思出した。どうかすると半ば意識せずに思ひ出してゐて、それを意識してはつと思つたこともある。言はばあの目が己を追い掛けてゐた。或はあの目が己を引き寄せようとしてゐたと云つても好いかも知れない。実は理性の争に、意志が容喙したと云ふのは、主客を顚倒した話で、その理性の争といふのは、あの目の磁石力に対する、無力なる抗抵に過ぎなかつたかも知れない。

とうとうその抗抵に意志の打ち勝つてしまつたのが今日であつた。己は根岸へ出掛けた。

興味深いのは、お雪との親しい関わりが、谷中墓地の北の方、谷中初音町という上野台地の北のはずれで生じているのに対し、鶯坂（現在のＪＲ鶯谷駅の、上野寄りの改札口の前の坂）を下りて、崖下に広がる根岸の土地に、純一が向かうという構図である。文字通り、純一は崖を一気に下って行く。崖上と崖下をつなぐ鶯坂は、はっきりとした境界として造型される。

さらに、わたくしが注目したいのは、文化・芸術の表象としての、書物のたたずまいである。「十八」で、純一は「マアテルリンクの青い鳥」を机上に置いている。純一の机辺の書物は、そうした種類の仮綴じの洋書か、洋雑誌なのである。それに対し、坂井夫人の邸宅の書斎に並んでいるのは、「背革の」立派な書物であり、純一がその世界に魅かれ、心を向けるのも、当然だと言える。しかし、それらの見事に革製本された書物群は、純一の精神を決して高めるものではないだろう。

純一の成長は、借りてきた革装の洋書が、自分にとって何の意味も無いことに気づくことでもたらされる。もちろん、それは一気にもたらされるわけではない。明りに引き寄せられるように「崖」を下って、根岸に行ってしまう純一。「人間の心理状態は可笑(おか)しなものである」の一行ほど、鷗外の強靭な精神から生まれた感じのしない一節はない。純一は、自分を持て余しているようですらある。自分でコントロールできない世界に出会った思いがそこにある。そして、純一の日記の、肉体の誘惑に負けた出来事を記したであろう部分の「紙一枚引き裂き」こそ、その代償だったのである。

純一は、自分の家付近、台地の上にある谷中初音町にいるときは、自身の精神を何とか保っている。しかし、そうした生活が続くと、少しずつ不安定さが明らかになるのである。「四」の、「初音町に引き越してから、一週間目」の「天長節」の日の純一の心情を描いた次のような一節を、忘れてはならないだろう。

> そしてなんとなく寂しいやうな、心細いやうな心持がした。一度は、家主(いえぬし)の植長(うえちょう)がどこからか買ひ集めて来てくれた家具の一つの唐机(とうづくえ)に向つて、その書いて見るといふことに著手しようとして見たが、頭次第だと云ふ頭が、どうも空虚で、何を書いて好いか分らない。

東京に出てからの感じも、何物かが有るやうで無いやうで、その有るやうなものは雑然としてゐて、どこを押へて見ようといふ処がない。

「寂しい」「心細い」「空虚」「雑然」――こうした語句がこのように羅列されている箇所は、しっかり構築されているこの作品のなかでは、他にないだろう。漱石の『それから』で、主人公の代助(だいすけ)は、時折「アンニュイ」の気分に襲われる。登場人物をおびやかすそうした感情のうねりが、ここにもある。純一は高台から移動し、適度に変化を経験してもいる。そしてその先に、根岸での体験がある。が、あの気分は、決して解決されないのだ。

「十八」では、上野の東照宮の辺りを歩きながら、純一は、「自分は今何をしてゐるか」と考える。まるで、「妄想(もうぞう)」(一六〇ページ参照)の一節を思わせるような心情だが、それをなかなか純一は解決できない。解決のためには、何らかの「崖」を飛び越えることが必要なのではないか。しかし、鶯坂を下って根岸に行き、坂井夫人のもとに飛び込んでも、「崖」を飛び越えることにならない。それは、「二十二」で箱根湯本に出かけようと焦る純一の、次のような心情の存在からも明らかであろう。

東京を立つた三十日の朝、純一はなんとなく気が鬱(うっ)してならないのを、曇つた天気の所(せ)

為に帰してをつた。本を読んで見ても、どうも興味を感じない。午後から空が晴れて、障子に日が差して来たので、純一は気分が直るかと思つたが、予期とは反対に、心の底に潜んでゐた不安の塊りが意識に上ぼつて、それが急劇に増長して来て、反理性的の意志の叫声になつて聞え始めた。

ここで言う「不安の塊り」からの解放こそ、近代の作家が絶えず追いかけ続けた、一つの世界であろう。漱石・芥川龍之介・梶井基次郎、そして鷗外。誰にでもその「不安」の発見がある。逆に、知れば知るほど、その世界は遠のいて行く。「東京」という、さまざまな起伏のある場所で、鷗外は純一という人物を描きながら、そうした実感を自分なりに反芻していたのではないか。箱根の場面で、作者は「不快」「不愉快」などの語を出しながら、純一の心情に広がる「厭な、厭な寂しさ」を強調する。純一の心に生まれた「箱根を去る」という考えは、「東京」に戻るという意味合いではない。「純一が書かうと思つてゐる物は、現今の流行とは少し方角を異にしてゐる」ものであった。「箱根」でも「東京」でもない、「崖」や土地の高低などとは全く関係のない、現実の「場」に囚われない、夢の世界であったろう。心理の「崖」をも超えた、純一な世界であり、ここまで小泉純一を造型してきた鷗外にとって、彼がそうした想念を手に入れることができたなら、『青年』の世界は幕を閉じてもよかったのである。

11　大逆事件に向き合う——「かのやうに」『雁』「灰燼」

『烟塵』の政治性

「青年」連載中、鷗外は一九一一（明治44）年二月十一日に三男類を得、『涓滴』の姉妹編の作品集『烟塵』（春陽堂、一九一一年二月）を刊行した。一部旧作も収めるが、「広告文」に、「作者のあらゆる方面は略ぼ此一巻にて窺知すべし」とある。収録順に作品名を掲げる。

「鶏」「身上話」「ファスチエス（対話）」「金貨」「金毘羅」「沈黙の塔」「そめちがへ」

子どもの死をめぐる物語「金毘羅」（『スバル』一九〇九年十月）や、地方の宿の若い女中の物語「身上話」（『新潮』一九一〇年十一月）のような作品もあるが、集中の問題作は「沈黙の塔」（『三田文学』同年同月）である。「沈黙の塔」は、「Parsi族の死骸」が投げ込まれる架空の塔だ。彼らは「自然主義と社会主義との本」という「危険な書物を読む奴を」「仲間同志で殺す」のだという。折から問題にされた「大逆事件」の大量検挙（一九一〇年五月〜）が想起される内容で、鷗外のスタンスが示されるが、政府官憲の暴挙以上に、学問芸術への理不尽な干渉に対して、鷗外は寓意の形で批判する。東京朝日新聞に掲載された「危険なる洋書」（同年九月十六日〜十月四日）は、「文芸欄」とは関係なく無署名で書かれたコラムだが、自然主義や社会主義を媒介する翻訳の存在が批判され、鷗外も名指しで糾弾された。漱石門下生の間でも話題になったこの筆鋒は最初、当時朝日新聞にいた桐生悠々（きりゅうゆうゆう）だと言われたりしたが、本人は否定した。そうしたジャーナリズムの世界を背景に、鷗外は、「芸術も学問も、パアシイ族の因襲の目からは、危険に見える筈である」とし、「どこの国、いつの世でも、新しい道を歩いて行く人の背後には、必ず反動者の群（むれ）がゐて隙（すき）を窺（うかが）つてゐる」と批判するのである。

「ファスチエス（対話）」（『三田文学』同年九月）でも、風俗壊乱をめぐっての官吏と記者の対話のなかで、問題が明らかにされる。

「妄想」の精神

幸徳秋水（こうとくしゅうすい）ら大逆事件の被告が死刑となったのは、一九一一（明治44）年一月のことだが、こうした緊張の時期に鷗外は「妄想（もうぞう）」（『三田文学』一九一一年三月、四月）という特異な作品を書いた。五十歳くらいと思われる翁である「主人」が千葉県の海岸に建てた別荘に行き、太平洋を見ながら、「目前には広々と海が横はつてゐる」という書き出しで、自己の経歴を振り返るという作品だ。描かれた精神遍歴を鷗外自身のものとしてそのまま鵜呑みにはできないが、見落とせない表現がふんだんに見える。「主人は時間といふことを考へる。生といふことを考へる。死といふことを考へる」とあるが、こうした抽象的概念について、いつも考えているわけではない。では、「時間」「生」「死」が表に現れる契機は、何だろうか。

まず、「自分がまだ二十代で、全く処女のやうな官能を以て、外界のあらゆる出来事に反応して、内には嘗て挫折したことのない力を蓄へてゐた時の事であつた」と、ベルリン留学時代が描かれる。が、すぐさま「心の寂しさ」を感じる様子も記され、滞在が三年を過ぎると、「自分はまだ均勢を得ない物体の動揺を心の中に感じてゐながら、何の師匠を求めるにも便りの好い、文化の国を去らなくてはならないことになつた」という。帰国当時、鷗外にそうした思いがあったのかは定かではないが、後年からの省察としては納得がいく。よく知られた、「新しい地盤の上に新しい Forschung を企てよう」という意欲に対しては、「まだ Forschung といふ日本語も出来てゐない。そんな概念を明確に言ひ現す必要をば、社会が感じてゐないのである」という。「Forschung」がないというのは、つまりたしかな学術基盤がないというのだ。「日の要求」（一日の為すべきこと）というゲーテの言葉から、「自分」はこう考える。

日の要求に応じて能事畢るとするには足ることを知らなくてはならない。足ることを知るといふことが、自分には出来ない。自分は永遠なる不平家である。どうしても自分のゐない筈の所に自分がゐるやうである。どうしても灰色の鳥を青い鳥に見ることが出来ないのである。道に迷つてゐるのである。夢を見てゐるのである。夢を見てゐて、青い鳥を夢の中に尋ねてゐるのである。なぜだと問うたところで、それに答へることは出来ない。

「のである」を繰り返すなかで、想念は行き止まりにぶつかる。それをかみしめること、作品末で、「生涯の残余を、見果てぬ夢の心持で、死を怖れず、死にあこがれずに」送るさまを書くことこそ、鷗外の精神だった。「烱々たる目が大きく睜られて、遠い遠い海と空とに注がれてゐる」という一節は、重く響いてくる。文体の力であろう。

『かのやうに』連作

明治が終わろうとする一九一二(明治45)年、鷗外はのちに作品集『かのやうに』(籾山書店、一九一四年四月)にまとめられる連作を書いた。「かのやうに」(『中央公論』一九一二年一月)、「吃逆」(同、同年五月)、「藤棚」(『太陽』同年六月)、「鎚一下」(『中央公論』一九一三年七月)の四作がそれで、主人公の名をとって「五條秀麿もの」とも言われる。

「かのやうに」は、文科大学を卒業し、洋行体験のある歴史学者五條秀麿が、日本の歴史を考えるとき、どうしても「神話と歴史との限界をはっきりさせずには手が著けられない」と考えるところから問題が深まって行く。それは天皇制とも関係し、時代の問題でもある。旧世代の父との相違を感じるなかで、訪ねてきた「明敏な頭脳」を持つ友人の画家、綾小路と話し、秀麿はこのようなことも考える。

「小説は事実を本当とする意味に於いては嘘だ。併しこれは最初から事実がらないで、嘘と意識して作つて、通用させてゐる。そしてその中に性命がある。価値がある。尊い神話も同じやうに出来て、通用して来たのだが、あれは最初事実がつた丈違ふ。君のかく画も、どれ程写生したところで、実物ではない。嘘の積りでかいてゐる。人生の性命あり、価値あるものは、皆この意識した嘘だ。」

秀麿は、ドイツの哲学者ファイヒンガーの「アルス・オップ」(かのように)の哲学を拠り所にする。一つの解決策だ。それに対し、綾小路のこだわらない意識も鷗外の想念の一面であり、それらがバランスよく造型されているところに、この時期の鷗外の立脚点が見える。

秀麿は気抜けがしたやうに、両手を力なく垂れて、こん度は自分が寂しく微笑んだ。
「さうだね。てんでに自分の職業を遣つて、そんな問題はそつとして置くのだらう。僕は職業の選びやうが悪かつた。ぼんやりして遣つたり、嘘を衝いて遣れば造做はないが、正直に、真面目に遣らうとすると、八方塞がりになる職業を、僕は不幸にして選んだのだ。」
綾小路の目は一刹那鋼鉄の様に光つた。「八方塞がりになつたら、突貫して行く積りで、なぜ遣らない。」

「かのやうに」の最後に近い部分の、この二人のやり取りは、考え方の対立というより、難題にぶつかったときの対処の違いを浮き彫りにした一節だ。「八方塞がり」を「かのやうに」で処理するのは一つの方法だが、綾小路の言葉にもあるように、「突貫」する意欲を失ったら現実に飲み込まれるだけである。この一節に示された緊張感こそ、鷗外自身の位置を示していよう。

緊張感の造型で終わった「かのやうに」をさらに発展させることは、難しい。それがよくわかっていたのも、鷗外だった。この連作は、その後も書かれるが、内容的発展が必ずしも見られなかったところに、鷗外のぶつかった問題の難しさが感じられよう。しかし、このテーマにこだわることを通して、少しでも議論を深化させようとした鷗外も、存在していたのである。

『雁』の構造

一九一七(大正6)年九月、雑誌『斯論』に発表された随筆「なかじきり」のなかで、鷗外はこれまでの仕事を振り返り、「小説に於ては、済勝の足ならしに短篇数十を作り試みたが、長篇の山口にたどり附いて挫折した」と書いた。「挫折」した長篇とは何だろうか。

『かのやうに』連作を書く少し前の一九一一(明治44)年秋に、二つの長篇の連載が『スバル』と『三田文学』で始まった。二つの舞台で、並行して長篇連載が試みられたのである。

「雁」連載(『スバル』一九一一年九月〜一九一三年五月、全十二回、途中一年以上の休載、中絶)
「灰燼」連載(『三田文学』一九一一年十月〜一九一二年十二月、全十一回、途中休載四回、中絶)

「雁」はその後、最終部分を書き足して単行本『雁』(籾山書店、一九一五年五月)として刊行するが、「灰燼」は書き継がれることはなかった。この違いは、どこから来たのだろうか。

『雁』は、「古い話である。僕は偶然それが明治十三年の出来事だと云ふことを記憶してゐる。どうして年をはつきり覚えてゐるかと云ふと、其頃僕は東京大学の鉄門の真向ひにあつた、上条と云ふ下宿屋に、此話の主人公と壁一つ隔てた隣同士になつて住んでゐたからである」と始まる。まさに、ストーリー性が豊かな「話」「物語」であり、高利貸しの妾お玉と、生真面目な学生岡田との淡い恋を、情緒豊かに描く。舞台は大学のそばの、不忍池に降りていく途中の「無縁坂」と呼ばれる場所である。「美男」で「文学趣味」のある岡田をめぐる話を、友人の「僕」が三十五年前の出来事として物語るスタイルは、それだけで物語性を支え、なつかしい「話」として、人物と情景を浮かび上がらせる。

前半は、お玉の略歴を描くが、妾宅の「鼻の高い、細長い、稍寂しい顔」を持つ「窓の女」として登場させた後で、「窓の女の種姓は、実は岡田を主人公にしなくてはならぬ此話の事件が過去に属してから聞いたのであるが、都合上ここでざつと話すことにする」と断って長く経歴描写をするという、体裁上のアンバランスも見られる。「都合上」とはいうが、「古い話」を成り立たせる語りの装置としては必要であった。

お玉は一度結婚歴があるが、相手にだまされてうまくいかず、やがて父のすすめもあり、大学の小使から高利貸しに成り上がった末造の妾となり囲われる。若いお玉はいろいろと思い悩むが、今は「一種のはかない、寂しい感じ」を持って過ごしている。そうしたお玉も、次第に変貌する。

　たよりに思ふ父親に、苦しい胸を訴へて、一しよに不幸を歎く積で這入つた門を、我な

> がら不思議な程、元気好くお玉は出た。折角安心してゐる父親に、余計な苦労を掛けたくない、それよりは自分を強く、丈夫に見せて遣りたいと、努力して話をしてゐるうちに、これまで自分の胸の中に眠つてゐた或る物が醒覚したやうな、これまで人にたよつてゐた自分が、思ひ掛けず独立したやうな気になつて、お玉は不忍の池の畔を、晴やかな顔をして歩いてゐる。

「独立したやうな気」とあるが、このささやかな自意識は、妾の生活に慣れ、末造をあしらえるようになると、「此時からお玉は自分で自分の言つたり為たりする事を窃に観察するやうになつて、末造が来てもこれまでのやうに蟠まりのない直情で接せずに、意識してもてなすやうになつた。その間別に本心があつて、体を離れて傍へ退いて見てゐる」と描かれるまでになる。体は「末造の自由になつてゐる」が、心は違うというのだ。

そこに現れたのが、毎晩家の前を通る岡田だったのである。が、偶然の出会いを考えても、語り手の「僕」が言うように、「女と云ふものは岡田のためには、只美しい物、愛すべき物であつて、どんな境遇にも安んじて、その美しさ、愛らしさを護持してゐなくてはならぬやうに感ぜられた」のであれば、二人には、「出会い」の情感はあっても、それ以上にはならないのではないか。

「末造がお玉に買つて遣つた紅雀は、図らずもお玉と岡田とが詞を交す媒となつた」のは事実だが、「僕」が岡田から蛇退治の話を聞き、「女のために蛇を殺すと云ふのは、神話めいてゐて面白い」と考えるところに現れているように、あまりにも物語的すぎるのも事実である。お玉と岡田は、お互いに自分の中で物語を作っていたかのようである。「自分には満足な手紙は書けない」という学歴のお玉の、岡田への夢の中での心情は純粋でいじらしいまでだが、「卒業の期を待たずに洋行することに極まつて」という岡田との間に、これ以上の関係は生じない。お玉は自分の思いを伝えようと、岡田が一人で散歩してくるのを待ち受けるが、その運命の日の下宿の夕食に「青魚の未醤煮」が出て、それが苦手な「僕」が岡田を誘って外食することになり、岡田一人であるはずの散歩が二人になってしまったのである。それを、単なる偶然の運命だとは言えないのではないか。「青魚の未醤煮」を登場させることで、お玉と岡田の新たな出会いの可能性があった作品の展開は封じられる。「青魚の未醤煮」が悪いのではなく、どうやら人物設定や物語の枠組みが悪かったのである。お玉が覚醒して内に秘めた思いが飛翔するようには、もともと作者は考えていなかったようだ。

お玉は、鷗外の造型した女性の中でも、多くの読者に強い印象を与える特有の表情を持った登場人物である。最初は「鼻の高い、細長い、稍寂しい顔」を持つ無縁坂の女として出てくるが、作中で何度か「美しい女」という言い回しが使われる。偶然投げた石が当たってしまう

「不しあはせな雁」と、この女を重ね合わせて、ある余韻を持たせる効果も巧みで、女性の姿がより浮き立つ。しかし、そうした外形や、筋の運びにとらわれ過ぎると、男女の出会いと別れという物語の枠の中でのみ作品を理解することになり、明治の新時代に生きる若い男女の意識を跡づけるという、さらに大きな視点から作品を考えることができなくはならないか。

長い休止を経て、鷗外は『雁』を一冊にするために、終結部を書き足す。物語の枠組みはできあがっており、読者は加えられた結末の次の一節を読み、「無限の残惜しさ」を確認するのである。

> 僕は石原の目を掠めるやうに、女の顔と岡田の顔とを見較べた。いつも薄紅に匂つてゐる岡田の顔は、確に一入赤く染まつた。そして彼は偶然帽を動かすらしく粧つて、帽の庇に手を掛けた。女の顔は石のやうに凝つてゐた。そして美しく睜つた目の底には、無限の残惜しさが含まれてゐるやうであつた。

低音部としての「灰燼」

『雁』から一ヶ月遅れて『三田文学』での連載が開始された長篇が「灰燼」である。中絶したためか、まだ単独の文庫本も出ていない。が、その存在は、思った以上に重い。その書き出しを読むだけで、異様な淀みを感じる。

節蔵は久し振に朝早く内を出た。暑い盛の八月の空がゆうべから暴風を催してゐる。半分青くなるかと思へば、忽又灰色に鎖されて、その中を黒み掛かつた雲がちぎれちぎれに飛んでゐる。雑司谷旭出町と葉書に印刷してあつたが、護国寺からどの位の距離があるか分からないので、指ケ谷の内を出て、三田行から大塚行の電車に乗り換へるのをよして、白山下で車を傭つた。

一見、『青年』冒頭のように、地名を羅列し、焦点に向かって進んでいく形だが、内に秘められたトーンは重い。「暴風」で「ちぎれちぎれ」の「雲」は、何を示唆しているのか。山口節蔵は、恩人谷田の葬儀に行き、婿をとって今は一女の母となった谷田家のお種と再会する。今「いたいたしい美しさ」を感じさせるお種は、節蔵が谷田の家を出た当時、十六歳だった。節蔵は、お種に言い寄る「変生男子」の相原を撃退し谷田家の信頼を得るが、もともと「一切の物に対する興味の淡いのと、要望の弱いのとに驚かざることを得な」い人物で、「何物をも求めない。唯自己を隠蔽しようとする丈」を意識する人間である。そして、若いのに、「新聞国」という、グロテスクな宇宙を描く著作を試みたりする。問題は、お種との再会が、次のように描かれていることだ。

お種さんも不審さうに牧山を見て、その目を節蔵に移したが、忽ち非常な感動を受けたものらしく、血の気の少かつた今までの顔が、一層蒼くなつて、脣まで色を失つて、全身が震慄するのを、咄嗟の間に、出来る丈の努力を意志に加へて、強ひて抑制したらしかつた。そして目を大きく瞬つて、節蔵の顔をぢつと見て、元の席に据わることを忘れたやうに立つてゐる。

「非常な感動」の理由が何であるかは、作品からはわからない。ただ、何かがお種の結婚前に起きていて、それに節蔵が関わっていたのだろうか。「謎」「伏線」が「灰燼」のトーンを決定し、節蔵の書く「新聞国」も、「一々毒々しい諷刺」に満ちている。大逆事件が遠くに揺曳する、いわばドストエフスキー的世界である。節蔵の他者を見る目は、混沌としている。こうした人物を描く主体も、必ずしも明晰ではない。このような難しい条件の作品を、鷗外は書いたことがなかった。自分で書きながら、思わぬ方向に人物が動き、作品をまとめる不安を感じたのではなかったか。自分の生み出した世界に、鷗外はとまどっている。完成されれば現在の何倍もの分量になったはずだが、作品はその発端のみで終わり、謎が残った。

『走馬灯』と『分身』

二つの長篇連載と前後して発表された作品を集めたのが、同時刊行で一つの箱に収められた、二冊の作品集である。

『走馬灯』(籾山書店、一九一三年七月、朝日新聞の広告文によると「わが周囲の事」を書く作品集)
「藤鞆絵(ふじどもえ)」「蛇」「心中」「鼠坂(ねずみざか)」「羽鳥千尋(はとりちひろ)」「百物語」「ながし」
『分身』(同右、「わが事」を書く作品集)
「妄想」「カズイスチカ」「流行」「不思議な鏡」「食堂」「田楽豆腐」

『走馬灯』所収作品では、『中央公論』所載の作品が目立つ。心の病を持つ女性を取り巻く信州の旧家の家庭悲劇を描く「蛇」(一九一一年一月)や、実際にあった趣味人による怪談話の集まりを描く「百物語」(同年十月)、満州での犯罪を背景に、過去の出来事が幻覚として人間を襲う物語「鼠坂」(一九一二年四月)がそれである。いずれも小説の世界として興味深いが、一方、モデルがはっきりしている次の二作品は、自分の信念を貫く若者を描き、印象深い。

「羽鳥千尋」(『中央公論』一九一二年八月)は、「医術開業試験」に挑戦する群馬県出身の医学生の、二十四歳で夭折するまでの一生を描く。一九一〇(明治43)年八月から鷗外とつながりのある若者がモデルだ。「羽鳥千尋書束」という鷗外宛書簡をまとめた資料が残されており(現在、日本近代文学館蔵)、その資料を踏まえて描かれる。鷗外に「先生」と呼びかけ、「此手紙は私の青春の情火の焰である」と切々と訴える手紙は、涙なしに読まれない。佐々木啓之『眠れ蝴蝶よやすらけく――森鷗外に愛された一青年の生涯』(近代文芸社、一九九五年四月)は、羽鳥千尋の生涯を描く一冊だ。

「ながし」(『太陽』一九一三年一月)のモデルは、明治の水彩画家大下藤次郎である。原田直次郎に学んだ藤次郎だが、幼少期に継母との間で忘れられぬ体験をした。実名小説で、「藤次郎は」と客観的な書き方がされるが、作品末に、「藤次郎は後に西洋画で一家を成した人である。此出来事のあつた明治二十三年の翌年から画の師匠を取つて、五六年のうちに世間に名を知られるやうになつたのである。(中略)藤次郎は画をかく外に文章も作つた。その「濡衣」と題した感想文に此話の筋が書いてある」とあり、典拠となった文献(現在、島根県立石見美術館蔵)も知られている。日清戦争後からの水彩画ブームを牽引し、『水彩画之栞』(新声社、一九〇一年六月)を著した藤次郎だが、鷗外はその本に「題言」を寄せている。

一方、『分身』所収作品では、鷗外のまさしく「分身」のような人物が現れ、立体的な世界が構築されている。『走馬灯』『分身』の同時刊行に、バランスのとれた創作意識が示されているのである。

「カズイスチカ」(『三田文学』一九一一年二月)は、西洋医学を修めた花房医学士を主人公として、江戸伝来の医学で患者を診察する父が開いた千住の医院で、代診をしたときのことを描く。「カズイスチカ」とは、Casuistica(臨床記録)のことで、たしかな目で診察に精神を傾ける父の姿が次第に浮き彫りにされる。一八七九(明治12)年七月に父静男が千住に開業してからのことは、作中に名が出てくる小金井喜美子の回想「千住の家」(『森鷗外の系族』所収)に詳しいが、鷗外はこの作品で当時の体験を回想している。患者の診察をする部分には、自身の臨床体験が描きこまれていて興味深い。

「食堂」(『三田文学』一九一〇年十二月)は、役所の食堂を舞台に、最古参の木村が、上司に通じている犬塚や、おとなしい山田らの同僚と、時の話題である「大逆事件」のことを話し合うという設定だ。「とうとう恐ろしい連中の事が発表になつちまつたね」という犬塚の言葉に、「無政府主義者ですか」と木村は答え、「日本にこんな事件が出来しようとは思はなかつた」と山田は言う。博識の木村は、「虚無主義」「無政府主義」の動きについて、ツルゲーネフ、バクーニン、クロポトキン、シュティルナーなどの名を挙げて、解説する。作品を通して、読者にこうした事柄の知識を与えるかのごとくである。問題は、「あんな連中がこれから殖えるだらうか」という山田の質問に、木村が、「先づお国柄だから、当局が巧に柁を取つて行けば、殖えずに済むだらう。併し遣りやうでは、激成するといふやうな傾きを生じ兼ねない」という認識を示していることである。大逆事件の弁護人平出修とつながりを持っていた鷗外だが、一方で権力側の山縣有朋とも接近しており、自分の位置を見極めつつ、こうした作品を通して時代への認識を言葉にしていたのだと考えられよう。

「主義」の時代の中で

日露戦争後、世間では「主義」というものが話題になることが多くなってきた。文学をはじめとする芸術の隆盛は個性に満ちた表現を可能にし、多様な潮流を生み出したのである。「自然主義」という四文字が盛んに叫ばれ、「社会主義」「無政府主義」という言葉も見られるようになった。鷗外はそうした時代のさなかで、雑誌『東洋』(一九一一年四月)に「文芸談片」の一文を載せて、「妄想」を書き終えた時点での思いを記した。芸術について論じた短文を集めた『妄人妄語』(至誠堂、一九一五年二月)に収録する際、「文芸の主義」と改題された文章である。「自然主義」に代わり近年は「個人主義」という言葉がよく使われるが、「個人主義と云ふ広い名の下に、色々な思想を籠めて置いて、それを排斥しようとするのは乱暴である」とし、「学問の自由研究と芸術の自由発展とを妨げる国は栄える筈がない」と記した。

夏目漱石が「イズムの功過」(東京朝日新聞、一九一〇年七月二十三日)を書き、「イズム」という中身のない枠組みが「精神の発展」を損なっていることを指摘し、「自然主義」を問題にしたのを受け、石川啄木が「時代閉塞の現状(強権、純粋自然主義の最後および明日の考察)」(同年八月執筆、生前未発表)を書いて、「自然主義」があいまいな「一個のスフィンクス」になっている現状に警鐘を鳴らしたことも思い出される。鋭い観察眼を持っていた文学者は、同じ問題に直面していたのである。文部省で「文芸委員会」が検討されるなど、文芸統制につながる政治性に対し、漱石は「文芸委員は何をするか」(東京朝日新聞、同年五月十八日~二十日、大阪朝日新聞、同年同月十九日~二十一日)を書き、「好悪は人々の随意」なのに、役所が「選抜賞与」をするのはおかしいと論じて一矢を報いた。翌年五月に文芸委員となった鷗外はその問題を理解した上で、社会の総体、大逆事件をも視野に入れて、学問と芸術を妨げる時代の動きを見据え、漱石と同じように「自由」を守る明晰な一言を提出したのである。

Ⅳ　林太郎として死す

——歴史と人間

12　明治の終焉――「阿部一族」「安井夫人」の造型

「興津弥五右衛門の遺書」の執筆

一九一二（明治45）年七月三十日、明治天皇が崩御し、「大正」と改元された。日記によると、鷗外の耳に「聖上御不予（病気）の事」が知らされたのは、七月二十日のことだった。「上原大臣局長を集へて聖上御不予に関する訓示をなす」（七月二十二日の条）、「聖上御病症午後増悪せるにより参内し」（同月二十八日の条）を経て、「午前零時四十三分天皇崩ぜさせ給ふ」（同月三十日の条）と記述は続く。御大葬は九月十三日、日記には、「轜車に扈随して（霊柩車に従って）宮城より青山に至る。〔中略〕翌日午前二時青山を出でて帰る。途上乃木希典夫妻の死を説くものあり。予半信半疑す」とあり、十八日には、「午後乃木大将希典の葬を送りて青山斎場に至る。興津与五右衛門を艸して中央公論に寄す」とある。乃木の殉死については、新聞に何日にも渡って詳細が報じられていて、最後の朝の写真が紙面に載り、遺書も公開された。鷗外はそれらを見つつ、一気に作品を書き上げたのである。

この「興津弥五右衛門の遺書」(『中央公論』一九一二年十月)初稿は、ルビなしで八ページ、淡々と遺書が続く。興津は三十年前、主君細川忠興の命により長崎で香木を探すが、相役と意見が合わず殺傷してしまう。やがてこれ以上もないような香木を入手し、帰って主君に切腹を申し出るが慰留される。今回主君の十三回忌に際し切腹を決意する顚末を、遺書にしたためたのである。『翁草』『徳川実記』などの記述を下敷きにしつつ、乃木の心境を思いながら記されており、「殉死は国家の御制禁なる事、篤と承知候へ共壮年の頃相役を討ち某が死遅れ候迄なれば、御咎も無之歟と存候」という一節も見られた。のちに鷗外は、倍の分量までかなり大胆な改稿をおこなっているが、この最初の執筆動機が形を変えつつ増幅していったことを示している。ともあれ、この短篇が鷗外の歴史小説の出発点となったことはたしかである。

「阿部一族」の意義

歴史小説第二作は、「阿部一族」(『中央公論』一九一三年一月)だ。改稿された「興津」と「佐橋甚五郎」とともに、三作をまとめて『意地』(籾山書店、同年六月)として刊行したときの、自筆広告文にこうある。

細川家の史料に拠り、従四位下左近衛少将兼越中守細川忠利の病死に筆を起し、忠利が其の臣寺本八左衛門以下十八人の殉死の願ひを聴許し、独り阿部弥一右衛門にのみ之を許さゞりしより、弥一右衛門世を狭うし、つひに阿部の一族主家の討手を引受け、悉く滅亡に及ぶの物語。

鷗外はまず、細川忠利に殉死した人物の様子を紹介する。「自然に掟が出来てゐる」なかで、「誰でも勝手に殉死が出来るものでは無い」とし、内藤長十郎の例をリアルに描き、犬牽の津崎五助のエピソードも描く。しかし、なぜか阿部弥一右衛門には、忠利は殉死を許さない。その理由を、こう描く。

弥一右衛門は外の人の言ひ附けられてする事を、言ひ附けられずにする。外の人の申し上げてする事を申し上げずにする。併しする事はいつも肯綮に中つて〔急所をついて〕ゐて、間然すべき所〔欠点〕が無い。弥一右衛門は意地ばかりで奉公して行くやうになつてゐる。忠利は初めなんとも思はずに、只此の男の顔を見ると、反対したくなつたのだが、後には此男の意地で勤めるのを知つて憎いと思つた。憎いと思ひながら、聡明な忠利はなぜ弥一右衛門がさうなつたかと回想して見て、それは自分が為向けたのだと云ふことに気が附いた。そして自分の反対する癖を改めようと思つてゐながら、月が累り年が累るに従つて、それが次第に改めにくゝなった。

このような何でもないことが、一族の運命を急速に決定していく。周囲の思惑のなかで生きていくことが、どんなに大変なのか。人一倍「意地」が強いと、それを意識し別の「意地」で返さなくてはならなくなるわけだ。

鷗外は、後半淡々と、阿部一族が討たれるさまを描く。微妙な行き違いが、このような事件を生む。討手が一族を滅ぼしていくなかで、その場に関わった柄本又七郎、竹内数馬らも運命が変わる。人間の世界の矛盾が、これでもかと描かれる。まさに、鷗外の人間や社会を見る目の「意地」が感じられるようだ。

『意地』という作品集に「意地」という名の作品が収められているのではない。作品世界に生きる人物の凝縮された情念が、「意地」なのだ。佐藤春夫「SACRILEGE 新らしき歴史小説の先駆『意地』を読む」(『スバル』一九一三年八月)は、「阿部一族」を読んで「私の心は重苦しくなつた。一体この可なり大きな悲劇は何から生れたかを思つたのである」と書き出される。「運命悲劇といひ、性格悲劇といふ。この区別に対して言へば、阿部一族の悲劇はその両面を完全に兼ねて居ると言へる」とも言う。「意地」から離れられない人間にとって、どのように生きるのかは、難しい問題だ。しかし、新進作家だった佐藤春夫には、この作品が、単に昔のことを書き記すのではない、これまでにない新しい「歴史小説」であると感じられたのである。

典拠の問題

他の二作とは違い、「阿部一族」には典拠文献の記述がない。現在では、鷗外が見た文献が『阿部茶事談(さじだん)』という書物であることがわかっているが、長年この文献を調査した藤本千鶴子による「校本『阿部茶事談』」が、『鷗外歴史文学集』第二巻(岩波書店、二〇〇〇年十月)に収録されている。作中のディテールが必ずしも典拠文献と同じではないのは言うまでもないが、その違いの検証から作品の内実を考えることが必要である。作者の生前に新しい資料が出てきたとき、本文にも修正がなされるのは自然であり、その変化にも注意しなければならない。

『意地』には、歴史小説第三作の「佐橋甚五郎」(『中央公論』一九一三年四月)も収録されている。徳川家康の元家臣、佐橋甚五郎の数奇な生涯を描く。若い頃に同僚を殺して姿を消し、一度は戻ってくるがふたたび家康の元から去った佐橋が、朝鮮使節の通訳としてあらわれるというストーリーだが、典拠文献の名として作品末に「続武家閑話」とあるものの、まだその名前の書物は確認されていない。

「護持院原の敵討」の描写

鷗外は二冊目の歴史小説集として、『天保物語』(鳳鳴社、一九一四年五月)を刊行した。歴史小説第四作の「護持院原の敵討」(『ホトトギス』一九一三年十月)は、そこに収められている。天保四(一八三三)年十二月の事件で父、山本三右衛門を失った子どもたちが、敵を探し回り、江戸の護持院原で一年半後の敵討ちを果たすまでの苦労を、実話に沿って描く。典拠は、「山本復讐記」と題する写本で、鷗外旧蔵の本が東京大学附属図書館「鷗外文庫」に残っている。尾形仂『森鷗外の歴史小説　史料と方法』(筑摩書房、一九七九年十二月)は、その対応を詳述している。

次に引くのは敵討ちを終えたときのシーンだが、生き生きとした描写が印象的だ。子どもたちの執念は、鷗外の他の歴史小説につながるものがある。

> 縄をほどかれて、しよんぼり立つてゐた虎蔵が、ひよいと物をねらふ獣のやうに体を前屈にしたかと思ふと、突然りよに飛び掛かつて、押し倒して逃げようとした。
>
> 其時りよは一歩下がつて、柄を握つてゐた短刀で、抜打に虎蔵を切つた。右の肩尖から乳へ掛けて切り下げたのである。虎蔵はよろけた。りよは二太刀三太刀切つた。虎蔵は倒れた。

「見事ぢや。とどめは己が刺す。」九郎右衛門は乗り掛かつて吭を刺した。

九郎右衛門は刀の血を虎蔵の袖で拭いた。そしてりよにも脇差を拭かせた。二人共目は涙ぐんでゐた。

「大塩平八郎」の混沌

その後、鷗外は歴史小説第五作の「大塩平八郎」(『中央公論』一九一四年一月)を書く。同じ月に、『三田文学』に同題の「大塩平八郎」という「小論文」(日記の記述による)を発表する。この小説を書くに至るまでの裏面史が語られ、『天保物語』においては作品に続けて「附録」とされたものだ。陽明学者大塩平八郎は、一八三七(天保8)年二月十九日、大阪で反乱を起こすが、その日のうちに鎮圧される。この一部始終が、やや長めの作品として詳しく描かれるのである。平八郎にかねてから関心を持っていた鷗外は、幸田成友『大塩平八郎』(東亜堂書房、一九一〇年一月)によりながら、細部を記す。「附録」に記載されたデータは詳細で、もしかすると材料が多すぎたかと思われるほどだ。出来事の描写は詳細だが、なぜか主人公の姿はそれほど浮かび上がらない。かえって、脇役の人物の運命が印象に残る。

「四」の「宇津木と岡田と」は、平八郎の若く聡明な弟子宇津木矩之允と、そのまた弟子の幼い岡田良之進のエピソードだ。師の平八郎の考えに疑問を持つ宇津木の言葉には、大きなものに立ち向かわざるを得なかった鷗外の愛情が、込められている。

「我々は平生良知の学を攻めてゐる。あれは根本の教だ。然るに今の天下の形勢は枝葉を病んでゐる。民の疲弊は窮まつてゐる。草妨礙あらば、理亦宜しく去るべし〔理にかなつたことでもやめる〕である。天下のために残賊を除かんではならぬと〔師の平八郎は〕云ふのだ。そこで其残賊だがな。」

「はあ」と云つて、岡田は目を瞠つた。

「先づ町奉行衆位の所らしい。それがなんになる。我々は実に先生を見損つてをつたのだ。先生の眼中には将軍家もなければ、朝廷もない。先生はそこまでは考へてをられぬらしい。」

「そんなら今事を挙げるのですね。」

「さうだ。家には火を掛け、与せぬものは切棄てゝ起つと云ふのだらう。併しあの物音のするのは奥から書斎の辺だ。まだ旧塾もある。講堂もある。こゝまで来るには少し暇がある。まあ、聞き給へ。例の先生の流義だから、ゆうべも誰一人抗争するものはなかつた。己は明朝御返事をすると云つて一時を糊塗した。若し諫める機会があつたら、諫めて陰謀を思ひ止まらせよう。それが出来なかつたら、師となり弟子となつたのが命だ、甘んじて死なうと決心した。」

鷗外は、こうした平八郎批判の言葉に、自己の想念を込めたのだろう。宇津木は覚悟の死を迎える。大塩平八郎の乱に対しての鷗外の見方が、この人物形象に示されているのである。

「堺事件」の「切盛」と「捏造」

一八六八(慶応4)年二月、土佐藩兵が堺でフランス兵を殺傷する事件が起きた。いわゆる「堺事件」である。鷗外は手元に佐々木甲象(こうぞう)『泉州堺烈挙始末』(一八九三年十一月、箕浦清四郎等。鷗外書き入れ本が「鷗外文庫」に所蔵)を置いて事件の概要を描き、関わった藩兵たちの処遇をめぐる矛盾を、短篇「堺事件」(『新小説』一九一四年二月)で明らかにする。二十名が「朝命によつて」一人ずつ順に切腹する途中、残り九名になったとき、フランス軍艦長から減刑の申し入れがあったという史実はあるが、事は複雑で、遠く「大逆事件」のさまが見え隠れするようだ。

この作品については、大岡昇平が『堺港攘夷始末』(中央公論社、一九八九年十二月)を書き、「大塩平八郎」の「附録」の、「余り暴力的な切盛(きりもり)や、人を馬鹿にした捏造(ねつぞう)はしなかつた」という態度を引き合いに出し、「堺事件」は巧みに「切盛」と「捏造」がなされていると論じた。大岡は、鷗外が歴史的事実を限られた資料からしか見なかったこと、その背景には山縣有朋への配慮という体制側の姿勢があることを批判したが、その後の議論は、歴史と文学についての根本問題や、歴史認識の位相などにも発展している。

「安井夫人」の達成

同じ一九一四(大正3)年、「安井夫人」(『太陽』四月)が書かれる。まもなく、「堺事件」と一緒に、『堺事件』(現代名作集第二編、鈴木三重吉方、発売元東京堂、同年十月)に収録された。鈴木三重吉が独力で編集刊行していたシリーズに、いち早く収められたのである。三重吉による「序」に、「日本の現代高級文学には、西洋のやうに、古来の伝説、史実、物語等に新しき生命を盛つた作品が殆どない。鷗外氏の「堺事件」の部類の作物こそ正にその最初の開墾である。氏が荘重な純正な筆致を以て、複雑したる史実を快明と潤沢とを供へて芸術化せられたる点は、この方面に向つて多大の誘掖〔導き〕を与へられたと言ふべきである。私は此の意味に於てこれらの作をこの第二冊に請ひ収めた」とあった。第一編が漱石の『須永の話』(『彼岸過迄』の一部)だから、三重吉の思い入れが伝わってくる。

「「仲平さんはえらくなりなさるだらう」と云ふ評判と同時に、「仲平さんは不男だ」と云ふ蔭言が、清武一郷〔現、宮崎県南東部〕に伝へられてゐる」の一文から始まる、江戸幕末期の儒者安井息軒(仲平)の一代記だが、作品題はあくまでも「安井夫人」である。典拠になったのは、若山甲蔵(こうぞう)『安井息軒先生』（蔵六書房、一九一三年十二月）で、その史実研究の成果は作品に添えられた「附録」の年代記的記述に明らかだ。その文献からどう作品化したかについては、稲垣達郎『森鷗外の歴史小説』（岩波書店、一九八九年四月）の一連の「安井夫人」論（初出一九四六～五一年）が詳細に跡づけている。「仲平やお佐代さんの発見のよろこびは、もっぱら、『安井息軒先生』を通してではなかったか。さらにまた、歴史上の人物のなかに、いくらかの自己をみたのは、仲平におけるのが最初ではなかったか」と、稲垣論文は指摘する。

優秀だが片目の不自由な仲平に嫁ごうとする娘は、なかなかいなかった。川添(かわぞえ)の姉娘お豊(とよ)は、いやがる。しかし、美人の妹のお佐代は違った。

> 「それでございます。わたくしも本当にびつくりいたしました。子供の思つてゐる事は何から何まで分かつてゐるやうに存じてゐましても、大違(おおちがい)でございます。お父う様にお話下さいますなら、当人を呼びまして、こゝで一応聞いて見ることにいたしませう。」
> かう云つて母親は妹娘を呼んだ。
> お佐代はおそる／＼障子をあけてはひつた。
> 母親は云つた。
> 「あの、さつきお前の云つた事だがね、仲平さんがお前のやうなものでも貰つて下さる

ことになつたら、お前きつと往くのだね。」
お佐代さんは耳まで赤くして、
「はい」と云つて、下げてゐた頭を一層低く下げた。

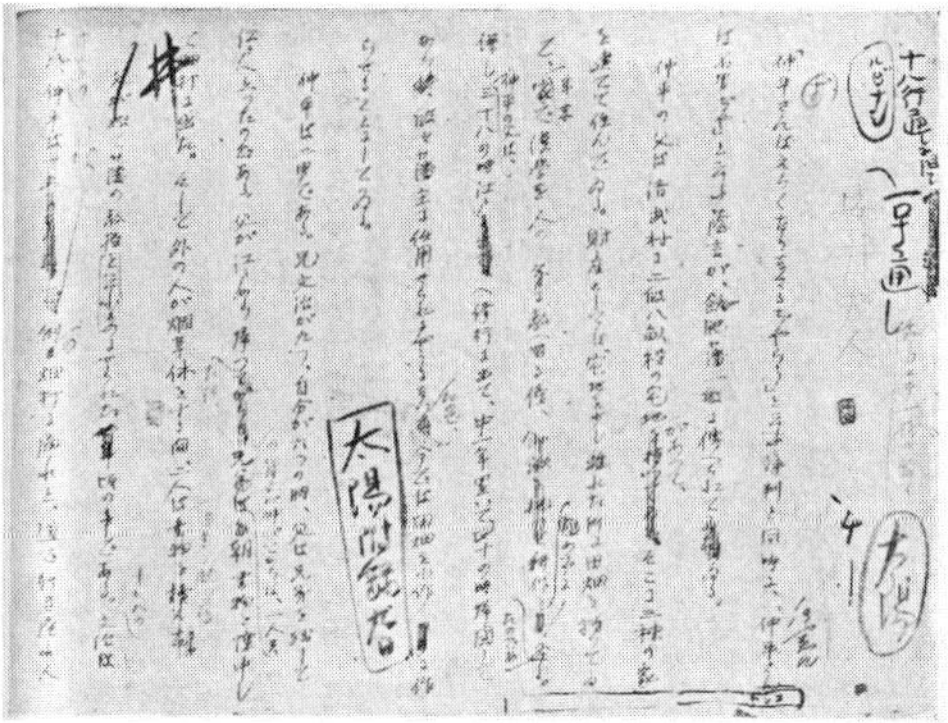

「安井夫人」冒頭原稿の写真(「鷗外研究」第16号より)

「お佐代は」が、途中から「お佐代さんは」にな っている。「お佐代さんは」の六文字は、作者の登場人物への親愛の表現なのだ。さまざまな苦労を経て、二人は江戸に移り住んで暮らす。そして、五十歳を過ぎてお佐代は亡くなるが、その前後の年代記的記述などでは、作者である「わたくし」が前面に出てきて、お佐代の人間像を一気に描きあげる。「安井夫人」の自筆原稿は発見されておらず、冒頭部分の写真版(岩波書店版『鷗外全集』月報「鷗外研究」第十六号、一九三七年十月)しか伝わっていないが、加筆修訂はわずかで、鷗外のペンは一気呵成に動いたように思う。

お佐代さんはどう云ふ女であつたか。美しい肌に粗服を纏つて、質素な仲平に仕へつゝ一生を終つた。飫肥吾田村字星倉から二里許の小布瀬に、同宗の安井林平と云ふ人があつて、其妻のお品さんが、お佐代さんの記念だと云つて、木綿縞の袷を一枚持つてゐる。恐らくはお佐代さんはめつたに絹物などは著なかったのだらう。

お佐代さんは夫に仕へて労苦を辞せなかつた。そして其報酬には何物をも要求しなかつた。啻に服飾の粗に甘んじたばかりではない。立派な第宅に居りたいとも云はず、結構な調度を使ひたいとも云はず、旨い物を食べたがりも、面白い物を見たがりもしなかつた。

お佐代さんが奢侈を解せぬ程おろかであつたとは、誰も信ずることが出来ない。又物質的にも、精神的にも、何物をも希求せぬ程恬澹であつたとは、誰も信ずることが出来ない。お佐代さんには慥かに尋常でない望があつて、其前には一切の物が塵芥の如く卑しくなつてゐたのであらう。

お佐代さんは何を望んだか。世間の賢い人は夫の栄達を望んだのだと云つてしまふだらう。これを書くわたくしもそれを否定することは出来ない。併し若し商人が資本を卸し財利を謀るやうに、お佐代さんが労苦と忍耐とを夫に提供して、まだ報酬を得ぬうちに亡くなつたのだと云ふなら、わたくしは不敏にしてそれに同意することが出来ない。

お佐代さんは必ずや未来に何物をか望んでゐたゞらう。そして瞑目するまで、美しい目の視線は遠い、遠い所に注がれてゐて、或は自分の死を不幸だと感ずる余裕をも有せなかつたのではあるまいか。其望の対象をば、或は何物ともしかと弁識してゐなかつたのではあるまいか。

わたくしは、典拠の若山甲蔵『安井息軒先生』の鷗外手沢本を手にしたとき、佐代の逝去についての記述がわずかであることに驚いた。その短い記述から、これだけの人物描写が生まれている。一人の女性に対するオマージュとして、これ以上のものをわたくしは知らない。「お佐代さんは」「お佐代さんは」と繰り返すなかで、鷗外は資料の世界を超えて、一人のなま身の人間お佐代さんにぴったりと寄り添う。そうした、鷗外にしては珍しい高揚感を手に入れることで、鷗外の歴史小説の世界は新たに広がっていったのである。「遠い、遠い所」と繰り返される世界が、次第に見えてくる。

13　歴史小説の展開——「山椒大夫」「高瀬舟」の試み

「山椒大夫」という物語

一九一五（大正４）年の一年間に、鷗外の歴史小説は新たな展開を見せる。発表順に整理しておきたい。

「山椒大夫」（『中央公論』一九一五年一月）
「津下四郎左衛門」（『中央公論』同年四月）
「魚玄機」（『中央公論』同年七月）
「ぢいさんばあさん」（『新小説』同年九月）
「最後の一句」（『中央公論』同年十月）
「高瀬舟」（『中央公論』一九一六年一月）
「寒山拾得」（『新小説』同年同月）

単行本としては、作品集『高瀬舟』（春陽堂、一九一八年二月）に、「津下四郎左衛門」を除く作品はすべて収録された。

安寿（あんじゅ）と厨子王（ずしおう）の伝説は、多くの人が知っている。しかし、その物語性と完成された「山椒大夫」との関係は、なかなか複雑だ。それは、この物語を鷗外が長い間あたためていたことと関係する。この作品発表と同じ時期に、鷗外は「歴史其儘（そのまま）と歴史離れ」（『心の花』一九一五年一月）を書くが、そのなかで、次のように述べた。

> まだ弟篤二郎（ママ）の生きてゐた頃、わたくしは種々の流派の短い語物を集めて見たことがある。其中に粟（あわ）の鳥を逐（お）ふ女の事があつた。わたくしはそれを一幕物に書きたいと弟に言つた。弟は出来たら成田屋にさせると云つた。まだ団十郎も生きてゐたのである。
>
> 　粟の鳥を逐ふ女の事は、山椒大夫伝説の一節である。わたくしは昔手に取つた儘で棄てた一幕物の企を、今単篇小説に蘇らせようと思ひ立つた。山椒大夫のやうな伝説は、書いて行く途中で、想像が道草を食つて迷子にならぬ位の程度に筋が立つてゐると云ふだけで、わたくしの辿つて行く糸には人を縛る強さはない。わたくしは伝説其物をも、余り精（くわ）しく探らずに、夢のやうな物語を夢のやうに思ひ浮べて見た。

そうして鷗外は記憶の中にある「伝説の筋」を記すが、どうやら元は「一幕物」の構想だったようだ。そういえば、『青年』の最後の部分で、小泉純一が書こうとしていたのは、「亡くなつたお祖母あさんが話して聞せた伝説」であり、「こん度は現代語で、現代人の微細な観察を書いて、そして古い伝説の味を傷けないやうに」する作品だという。「山椒大夫」がその目指す表現そのものだというわけではないが、イメージは理解できよう。「一幕物」ではないものの、純一の頭に残っていたものとして、親との生き別れ、守本尊による奇跡、弟への姉の献身と犠牲、不思議な邂逅など、「山椒大夫」を特徴づける条件が親しいものとして浮かび上がり、それを骨格にしてこの物語が形成されているからであろう。

正道はなぜか知らず、此女に心が牽かれて、立ち止まつて覗いた。女の乱れた髪は塵に塗れてゐる。顔を見れば盲である。正道はひどく哀れに思つた。そのうち女のつぶやいてゐる詞が、次第に耳に慣れて聞き分けられて来た。それと同時に正道は瘧病のやうに身内が震つて、目には涙が湧いて来た。女はかう云ふ詞を繰り返してつぶやいてゐたのである。

安寿恋しや、ほうやれほ。
厨子王恋しや、ほうやれほ。

鳥も生（しょう）あるものなれば、
疾（と）う〳〵逃げよ、逐（お）はずとも。

正道はうつとりとなつて、此詞に聞き惚（ほ）れた。そのうち臓腑（ぞうふ）が煮え返るやうになつて、獣めいた叫（さけび）が口から出ようとするのを、歯を食ひしばつてこらへた。忽（たちま）ち正道は縛られた縄が解けたやうに垣（かき）の内へ駆け込んだ。そして足には粟の穂を踏み散らしつつ、女の前に俯伏（うつふ）した。右の手には守本尊を捧げ持つて、俯伏した時に、それを額に押し当ててゐた。

女は雀でない、大きいものが粟をあらしに来たのを知つた。そしていつもの詞を唱へ罷（や）めて、見えぬ目でぢつと前を見た。其時干した貝が水にほとびるやうに、両方の目に潤ひが出た。女は目が開（あ）いた。

「厨子王」と云ふ叫が女の口から出た。二人はぴつたり抱き合つた。

この印象的な幕切れも、「なぜか知らず」立ち止まり、「次第に」言葉が明瞭になり、「うつとりとなつて」、心情の高まりが形成される。「縛られた縄が解けたやうに」とか、「干した貝が水にほとびるやうに」という巧みな比喩が、印象深い。鷗外はここでは思想性ではなく、読者を作中に引き込む文章の力で作品を支えようとしているのである。「歴史其儘と歴史離れ」で、「兎に角わたくしは歴史離れがしたさに山椒大夫を書いたのだが、さて書き上げた所を見れば、なんだか歴史離れがし足りないやうである」と述べているが、素材の扱いや視点を問題にするのではなく、自分は作品世界をまだ十分に描ききれなかったのではないか、という鷗外の心残りを、わたくしたちは汲むべきであろう。

「最後の一句」の重み

幕末の激動期に、尊王攘夷の信念を持って奸臣横井平四郎を討つ若者を描いた「津下四郎左衛門」、美人だが感情に任せた行動をした中国の薄幸の詩人を描く「魚玄機」を経て、「ぢいさんばあさん」では、美濃部伊織と、人をあやめ「永の御預」となった彼を三十七年間待ち続けた妻るんの老夫婦の物語を、簡潔に形象化する。文中に、「翁媼二人の中の好いことは」「二人の生活は」「二人はさも楽しさうに」とあるように、最初は「二人」から少し距離を置いて描き始める。その後、過去の話になり、「伊織は」「るんは」と人物の行動を語るのである。鷗外は、大田南畝の代表的な江戸随筆集で、さまざまなエピソードを含む『一話一言』の巻三十四に出ている話から、巧みに造型している。

そうした作品の後、「最後の一句」が書かれる。南畝の『一話一言』巻十七の、「元文三年大坂堀江橋近辺かつらや太郎兵衛事」を元にした作品だ。死罪と決した父桂屋太郎兵衛の命を、自分たちの命と引き換えに助けようとする五人の子どもたちの話である。長女のいちは数え十六歳、しっかり者で、自分たちの思いを願い書にして奉行所に提出する。それを受け取った役人佐佐又四郎の思いと対応が、描かれる。子どもだと思っていた娘の真剣さが次第に伝わり、城代の太田備中守資晴も、「余程情の剛い娘と見えますな」と話すが、単なる「剛情」「強情」とは違った思いであるとは考えない。奉行所の白洲で取り調べを受け、いちは「最後の一句」を口にする。


いちは指された方角を一目見て、少しもたゆたはずに、「いえ、申した事に間違はございません」と言ひ放つた。其目は冷かで、其詞は徐かであつた。

「そんなら今一つお前に聞くが、身代りをお聞届けになると、お前達はすぐに殺されるぞよ。父の顔を見ることは出来ぬが、それでも好いか。」

「よろしうございます」と、同じやうな、冷かな調子で答へたが、少し間を置いて、何か心に浮んだらしく、「お上の事には間違はございますまいから」と言ひ足した。

佐佐の顔には、不意打に逢つたやうな、驚愕の色が見えたが、それはすぐに消えて、険しくなつた目が、いちの面に注がれた。憎悪を帯びた驚異の目とでも云はうか。しかし佐佐は何も言はなかつた。

『一話一言』では、単に「彼等が願ひ不便ナレバ」とか、「願ひの志不便に思召あげられ」として、「道有る御代の御恵ミ中スも中〳〵おろか也」と解決されるが、鷗外の作品では、原話にはない、いちの言葉に、「献身の中に潜む反抗の鋒」という説明を加える。「少し間を置いて、何か心に浮んだらしく」という描写は重い。「制度」がそのものとして正しく機能しない、ゆがんだ人間社会の空隙に向かう鋒であり、いちは鷗外の思いを代弁する存在になっているようにも思う。

「高瀬舟」の意味するもの

「高瀬舟」で語られる「弟殺しの罪人」喜助の話は、「いつの頃であつたか」と始まる。歴史上の出来事とは直接関係なく、そういう話があると語り出されるのである。京都の罪人が「遠島」の扱いを受けると、高瀬舟に載せられて大阪まで運ばれるが、そこには監督役の同心が同行する。このとき、喜助と同船したのは、家族の多い同心羽田庄兵衛で、「只漠然と、人の一生といふやうな事を思」う人物だ。作品と同時期に、「高瀬舟と寒山拾得——近業解題」（『心の花』一九一六年一月）が書かれ、前半は単行本化の折に、「附高瀬舟縁起」として作品に添えられることになる（後半は「附寒山拾得縁起」となる）。そこで鷗外は、神沢貞幹『翁草』を読んで、その中の「流人の話」に興味を持ち、「財産と云ふものの観念」と「ユウタナジイ」（安楽死）との二点を考えたと書く。
作品の後半では、喜助が弟を殺したわけを話すのだが、淡々とその心境を語るのを聞いた庄兵衛は、「殆ど条理が立ち過ぎてゐる」と考える。

庄兵衛の心の中には、いろ〳〵に考へて見た末に、自分より上のものの判断に任す外ないと云ふ念、オオトリテエ〔権威〕に従ふ外ないと云ふ念が生じた。庄兵衛はお奉行様の判断を、其儘自分の判断にしようと思つたのである。さうは思つても、庄兵衛はまだどこやらに腑に落ちぬものが残つてゐるので、なんだかお奉行様に聞いて見たくてならなかつた。

たしかに、これでは解決にはならない。「腑に落ちぬものが残つてゐる」のなら、それを解決しなければならない。しかし、この物語はこの範囲でまとまりを付けなければいけない。作品の整い方と、問題の所在は、なかなか整合しない。鷗外自身、自分の子どもの病気の折に、一つの体験（一一九ページ参照）をして「金毘羅」を書いたということもあろう。大きな問題をそっと提出することにも、一つの意味があったのではないか。
「寒山拾得」は、役人となった閭丘胤が任地の天台山に赴き、偉人と伝え聞いた寒山と拾得を訪ねるが、現れた二人は顔を見合わせ笑いこける、という話だ。形式的で大げさなことが一気に相対化される逆転劇は、政府高官になった鷗外の諧謔をうかがわせる。作品末の「附寒山拾得縁起」には、「寒山詩」について子どもから質問されて困ったときの話を記している。「寒山が文殊」だと教えてもうまく伝わらず、苦しまぎれに「実はパパアも文殊なのだが、まだ誰も拝みに来ないのだよ」と話してしまったという。

宮芳平との交友

単行本『高瀬舟』には、ここまでに紹介した歴史小説や「二人の友」などのほか、大正時代になってから鷗外が知った人物をモデルにした作品も収められている。先に触れた「ながし」のモデルの大下藤次郎の他に、鷗外と親交のあったもうひとりの青年画家、宮芳平(みやよしへい)を描く「天寵(てんちょう)」(『ARS』一九一五年四月)である。展覧会に落選した青年画家「M君」が、どのような苦労をして新しい境地にたどり着くかを、温かい目で描く作品で、作中でM君は、「fils de la fortune(フィス ド ラ フォルチュヌ)」(幸運児)と呼ばれる。宮は、鷗外日記にもよく登場する。鷗外は晩年、書斎に宮の、楽人と海底の人魚たちを描く、淡い緑色の横長の油絵「落ちたる楽人」を、子どもの部屋には若い男女が楽譜を持ってうたっている「歌」を、いずれも購入して飾っていたという。宮については、既出の山崎一穎『鷗外ゆかりの人々』に詳しい。

また、「天寵」の少しあとの一九一五(大正4)年八月には、弟篤次郎逝去(一九〇八年一月)とその妻への相続の問題を扱った「本家分家」を書いている。生前未発表の原稿で、一九三七(昭和12)年の時点で『鷗外全集』に収録されて知られるようになった。登場人物の名には仮名が使われているが、森家をめぐる係累のあり方が、ほぼ事実通りに描かれていると思われる。「性癖の相違があつても」兄弟は仲がよかったという観点で書かれている。この作品を書くきっかけは、近松秋江が「再婚」(『中央公論』一九一五年八月)で、鷗外周辺に関して不当な描き方をしたからである。鷗外の毅然とした叙述は揺るぎないが、係累を振り返る契機ともなり、結果として、森家の人々の肉親への思いが浮かび上がって、興味深い内容となっている。

宮芳平「歌」(文京区立森鷗外記念館蔵)

詩歌集『沙羅の木』の自由さ

一九一五年九月、鷗外は阿蘭陀書房から『沙羅の木』という詩歌集を刊行した。これまで諸雑誌に発表した作品を、「訳詩」二十四篇、創作詩「沙羅の木」全十五篇、「我百首」(短歌百首)の三部に分けて収録する。ほぼ、日露戦争後の作品である。「我百首」は『スバル』(一九〇九年五月)に載ったもので、「『沙羅の木』の序」によれば、「雑誌昴の原稿として一気に書いたのである」という。たしかにその即興性は、これまでにない自由さを生み出していよう。「我百首」から三首紹介する。

おのがじし靡(なび)ける花を切り揃へ束(たば)に作りぬ兵卒のごと
君に問ふその唇の紅はわが眉間なる皺を熨(の)す火か
我詩皆けしき贓物(ぞうもつ)ならざるはなしと人云ふ或は然(しか)らむ

最近、「我百首」の研究が進んだ。岡井隆『森鷗外の『沙羅の木』を読む日』(幻戯書房、二〇一六年七月)は、この詩歌集の魅力を伝える。既出(一一五ページ)の今野寿美『コレクション日本歌人選067 森鷗外』も代表作を鑑賞する。

『沙羅の木』には、グルックのオペラ「オルフェオとエウリディーチェ」の台本を訳した「オルフエウス」も収録された。「独逸日記」には記載がないが、鷗外はライプチヒ時代の一八八五(明治18)年六月二十一日にこのオペラを鑑賞、その折に購入した台本が「鷗外文庫」に残っている。鷗外は、一九一三(大正2)年にこのオペラの上演を計画した国民歌劇協会の依頼で、ドイツ語の台本を翻訳した。鷗外の音楽体験をうかがわせる資料だ。

14 史伝の世界――「澀江抽斎」「北条霞亭」の境地

澀江抽斎を探索する

鷗外は、歴史小説を書く材料に使うため収集していた江戸時代の「武鑑」(大名や幕府役人の身分や職掌を記録した書物)に、「弘前医官澀江氏蔵書記」という朱印のあるものがいくつかあることに気づいていた。一方、上野の帝国図書館に『江戸鑑図目録』という写本があり、昔同じように武鑑を収集していた人物がいて、ところどころに「抽斎云」と記していることもわかった。鷗外は、「澀江氏」と「抽斎」が同一人物ではないかと推定し、一九一五(大正4)年夏から、つてを頼りに探索を始めていた。縁あって宮内省にいる歴史に詳しい外崎覚から話を聞き、この二人が同一人物であることを知り、「大いに手懸りを得難有奉存候就中抽斎の号ありと云ふこと相分かり不覚快哉を呼候」(同年十月十五日付、外崎覚宛書簡)と書いた。関係者が次々とわかり、手紙のやりとりが頻繁になった。特に、抽斎の息子の澀江保と出会い、資料の提供を受けたのが大きかった。現在東京大学の「鷗外文庫」にあるのが、それである。鷗外が、「歴史小説」から「史伝」と呼ばれる新たな世界に入っていった最初の達成「澀江抽斎」(東京日日新聞、一九一六年一月十三日〜五月二十日、大阪毎日新聞、同〜五月十七日、全百十九回)が書かれたのは、それからまもなくのことである。

澀江抽斎の述志の漢詩の引用から始まるこの世界は、まず作者と抽斎の出会いの経緯から書き出される。澀江保からの資料がある程度揃った時点から、新聞小説として書かれたわけだ。「澀江氏」「抽斎」が合体したとき、鷗外にはこうした思いが起きたという。

> わたくしは又かう云ふ事を思つた。抽斎は医者であつた。そして官吏であつた。そして経書や諸子のやうな哲学方面の書をも読み、歴史をも読み、詩文集のやうな文芸方面の書をも読んだ。其迹が頗るわたくしと相似てゐる。只その相殊なる所は、古今時を異にして、生の相及ばざるのみである。いや。さうではない。今一つ大きい差別がある。それは抽斎が哲学文芸に於いて、考証家として樹立することを得るだけの地位に達してゐたのに、わたくしは雑駁なるヂレツタンチスム(道楽)の境界を脱することが出来ない。わたくしは抽斎に視て忸怩たらざることを得ない。
>
> 抽斎は曾てわたくしと同じ道を歩いた人である。しかし其健脚はわたくしの比ではなかつた。迥にわたくしに優つた済勝の具を有してゐた。抽斎はわたくしのためには畏敬すべ

き人である。

然るに奇とすべきは、其人が康衢通逵〈表通り〉をばかり歩いてゐずに、往々径に由つて行くことをもしたと云ふ事である。抽斎は宋槧の経子を討めたばかりでなく、古い武鑑や江戸図をも翫んだ。若し抽斎がわたくしのコンタンポラン〈同時代人〉であつたなら、二人の袖は横町の溝板の上で摩れ合つた筈である。こゝに此人とわたくしとの間に暱みが生ずる。わたくしは抽斎を親愛することが出来るのである。（その六）

探索は進行中だ。そのさまをリアルタイムで新聞に連載するという方法は驚嘆に値する。次にどういうことがわかったのか、それを知りたい読者は、翌日の紙面を見るのだ。鷗外の澀江抽斎に対する心の働きと同じものを、読者であるわたくしたちが鷗外に向ける。紙面に載ったことが、新しい資料によって上書きされるかも知れないという緊張感で、作品は成立する。こうしたスリリングな面白さが、まず作品の進行からわかるのである。

「澀江抽斎」の人物たち

抽斎が教えを受けた先達が紹介され、幕末の知識人たちの群像が明らかにされる。あまり名前を見たことのない人も多い。医学の師は、伊沢蘭軒という人だという。天保時代の一人の医者の歩みが、淡々と語られる。文化、文政、天保と時代は進み、抽斎も妻を娶るが、関係は平穏ではない。「その三十」で、やっと山内氏五百が四人目の妻となって抽斎のもとに来た。藤堂家にも仕え「男子と同じやうな教育を受けてゐた」聡明で剛毅な五百は二十九歳、抽斎は四十歳になっていた。

作品は、「嘉永五年には」とか、「安政元年は」というように、年代記的に叙述が進む。時代を追いつつ、エピソードが記されるのだ。新聞小説ということもあり、一つの話が何回にもわたって続くことは少なく、適度な分量で、物語は進行する。「その五十二」は安政五年、コレラが流行し、抽斎は五百に、次のように話す。五十四歳になっていた鷗外は、作中、抽斎の言葉を直接話法で再現するなかで、どういう心境だったのだろうか。

「己は公儀へ召されることになるさうだ。それが近い事で公方様の喪が済み次第仰付けられるだらうと云ふことだ。しかしそれをお請をするには、どうしても津軽家の方を辞せんではゐられない。己は元禄以来重恩の主家を棄てゝ栄達を謀る気にはならぬから、公儀の方を辞する積だ。それには病気を申立てる。さうすると、津軽家の方で勤めてゐることも出来ない。己は隠居することに極めた。父は五十九歳で隠居して七十四歳で亡くなつたから、己も兼て五十九歳になつたら隠居しようと思つてゐた。それが只少しばかり早くなつたのだ。若し父と同じやうに、七十四歳まで生きてゐられるものとすると、これから先まだ二十年程の月日がある。これからが己の世の中だ。己は著述をする。先づ老子の註を始として、迷庵棭斎〔師、市野迷庵と狩谷棭斎〕に誓つた為事を果して、それから自分の為事に掛かるのだ」

作品では直後に抽斎の死が描かれるが、その少し後には、晩年の勤王の心情により、それに反対する若い侍の襲撃を受けた安政三年頃のエピソードが紹介される。読者の誰もが忘れられない、五百の姿を描く名場面である。

> 刀の欛に手を掛けて立ち上つた三人の客を前に控へて、四畳半の端近く坐してゐた抽斎は、客から目を放さずに、障子の開いた口を斜に見遣つた。そして妻五百の異様な姿に驚いた。
>
> 五百は僅に腰巻一つ身に著けたばかりの裸体であつた。口には懐剣を銜へてゐた。そして閾際に身を屈めて、縁側に置いた小桶二つを両手に取り上げるところであつた。小桶からは湯気が立ち升つてゐる。縁側を戸口まで忍び寄つて障子を開く時、持つて来た小桶を下に置いたのであらう。

五百は小桶を持つたまゝ、つと一間に進み入つて、夫を背にして立つた。そして沸き返るあがり湯を盛つた小桶を、右左の二人の客に投げ付け、銜えてゐた懐剣を把つて鞘を払つた。そして床の間を背にして立つた一人の客を睨んで、「どろばう」と一声叫んだ。熱湯を浴びた二人が先に、欄に手を掛けた刀をも抜かずに、座敷から縁側へ、縁側から庭へ逃げた。跡の一人も続いて逃げた。

五百は仲間や諸生の名を呼んで、「どろばう〳〵」と云ふ声を其間に挟んだ。しかし家に居合せた男等の馳せ集るまでには、三人の客は皆逃げてしまつた。此時の事は後々まで澀江の家の一つ話になつてゐたが、五百は人の其功を称する毎に、慙ぢて席を遁れたさうである。五百は幼くて武家奉公をしはじめた時から、匕首一口だけは身を放さずに持つてゐたので、湯殿に脱ぎ棄てた衣類の傍から、それを取り上げることは出来たが、衣類を身に纏ふ遑は無かつたのである。

（その六十二）

「抽斎歿後」の意味

「その六十五」で、「古人を景仰するものは、其苗裔がどうなつたかと云ふことを問はずにはゐられない。そこでわたくしは既に抽斎の生涯を記し畢つたが、猶筆を投ずるに忍びない。わたくしは抽斎の子孫、親戚、師友等のなりゆきを、これより下に書き附けて置かうと思ふ」とし、「抽斎歿後の第四年は文久二年である」というように年代記的に、五百ら遺族の話を記す。資料を提供してくれた、多感な青春を送った澀江保も登場する。その分量は思った以上に長い。

主人公の抽斎が亡くなったあとまで、このように描けるドラマがあることに注目したのが、稲垣達郎『森鷗外の歴史小説』の「抽斎」論である。「資料の吸収」の内実を分析しながら、扱われる時間が「明治」にわたることに注意し、「〈明治維新〉をかかえ込むことで、いちだんと魅力の多いものになっている」と指摘する。「幕末」という枠組みだけではないのだ。

陸軍省医務局長を辞す

「澀江抽斎」連載中、鷗外の身辺で、二つの大きな出来事があった。一つは母峰子が一九一六(大正5)年三月二十八日に六十九歳で亡くなったことである。日記には、「午前零時四十五分母絶息す」(三月二十八日の条)、「午後母を茶毘す」(三月三十一日の条)、「母の遺灰を収む」(四月一日の条)と淡々と記される。三月二十八日付の印刷挨拶状に、三十一日に茶毘に付すが、「葬式ハ遺言ニ従ヒ近江国土山常明寺ニ於テ執行シ同寺境内ミネ両親墓側ニ埋骨可致候」とある。四月一日付の手紙をもらった賀古鶴所は六日付で手紙を書き、「旧稿をくりかへし見候うち」、二年前に自分の老母の死に際し作った歌があるとして三首を写し、「さぞかし御寂しくおくらしの事と被存候まま御一覧に呈候」となぐさめている(『森鷗外宛書簡集』1「賀古鶴所」、文京区立森鷗外記念館、二〇一七年一月)。京都から駆けつけた潤三郎は、遺骨を持って土山におもむき、峰子の法事をすませたという(森潤三郎『鷗外森林太郎』)。

その間、新聞連載は続き、澀江保が陸軍省に訪ねてきたりする。そして四月十三日に、正式に陸軍省医務局長を辞した。予備役に編入されはしたが、現役を引退し、自分の世界にいられるようになったのである。その後の日記には時折、「午後杏奴と類とを伴ひて上野に至り、精養軒に小憩す」(四月十四日の条)、「妻、茉莉、杏奴、類と小石川植物園に往く」(五月十四日の条)など、家族とのひと時の記述も見られるようになった。

「伊沢蘭軒」での模索

退役後にも、文部省の教科書会議、臨時脚気調査委員会、保健衛生調査会などに関わるが、鷗外の意欲は、抽斎の師であった伊沢蘭軒の伝記に向けられていた。すぐさま、第二の史伝「伊沢蘭軒」(東京日日新聞、一九一六年六月二十五日~一九一七年九月五日、大阪毎日新聞、同~一九一七年九月四日、全三百七十一回)の長期連載が開始される。

冒頭部で、伊沢蘭軒について記された文献がわずかで、「蘭軒の名が一時いかに深く埋没(まいぼつ)せられてゐたか」と述べ、調査の進行のままに書き継ぐことにつき、「意に任せて縦に行き横に走る間(あいだ)に、いつか豁然(かつぜん)として道が開けて、予期せざる広大なるペルスペクチイウ〔展望〕が得られようかと、わたくしは想像する」と意欲を見せた。たしかに、今度は澀江保のような人物はおらず、手探りで進めるほかない。が、その緊張感もある。「澀江抽斎」とも違った描写が必要だ。漢詩の引用も多い。それは、どうやら読者を困惑させるところまで行っていたようだ。

そうしたなかで、例えばこうしたエピソードも、そっと書き添えられている。

　次に口碑は蘭軒の花卉を愛したことを伝へてゐる。吉野桜の事、蘭草の事は既に前に見えてゐる。其他人に花木を乞うて移し栽ゑたことは、その幾度なるを知らない。梅を栽ゑ、木犀を栽ゑ、竹を移し、芭蕉を移したことは、皆吟詠に見れてゐる。又文政辛巳と丁亥とには、平生多く詠物の詩を作らぬのに、草花を詠ずること前後十六種に及んだ。
　就中わたくしの目に留まつたのは、つゆ草の詩である。わたくしは児時夙く此草を愛した。（その百九十二）

読者が連載に倦んだことについて、「蘭軒伝の世に容れられぬは、独り文が長くして人を倦ましめた故では無い。実はその往事を語るが故である。歴史なるが故である。人は或は此篇の考証を事としたのを、人に厭はれた所以だと謂つてゐる。しかし若し考証の煩を厭ふならば、其人はこれを藐視〔軽視〕して已むべきで、これを嫉視するに至るべきでは無い」（その三百七十

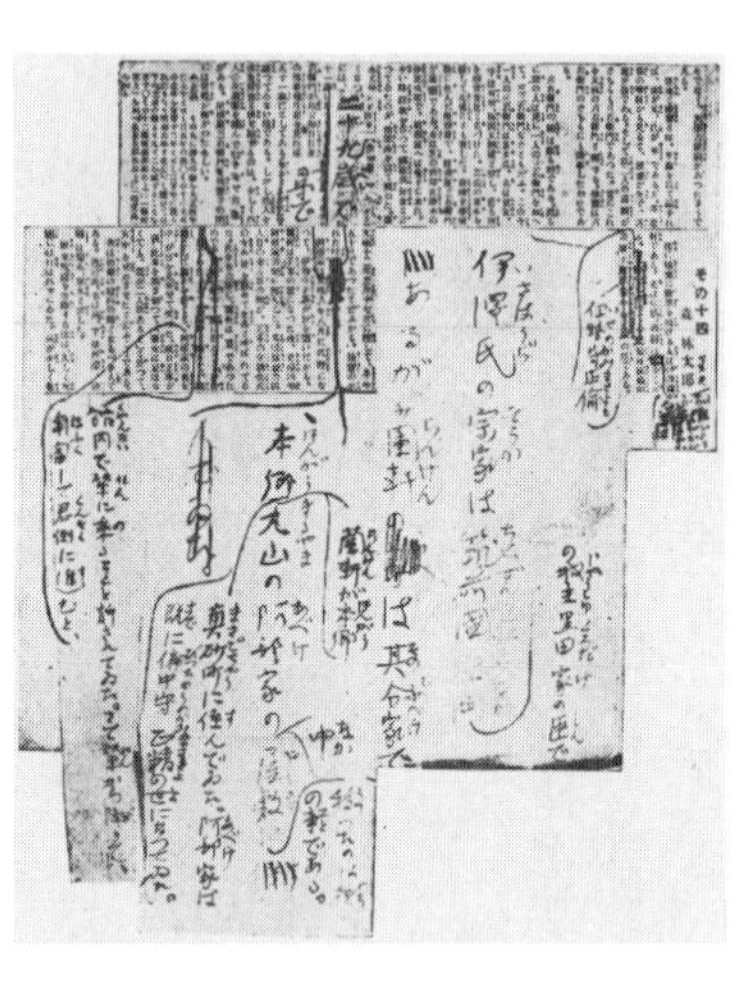

「澀江抽斎」新聞切り抜きでの推敲(森潤三郎『鷗外森林太郎』より)

二)と弁明する。その少し前の一節は、鷗外の執筆姿勢を語って余すところがない。

わたくしは伊沢蘭軒の事蹟を叙して其子孫に及び、最後に今茲丁巳に現存せる後裔を数へた。わたくしは前に蘭軒を叙し畢つた時、これに論賛を附せなかつた如くに、今叙述全く終つた後も、復総評のために辞を費さぬであらう。是はわたくしの自ら択んだ所の伝記の体例が、然ることを期せずして自ら然らしむるのである。

わたくしは筆を行るに当つて事実を伝ふることを専にし、努て叙事の想像に渉ることを避けた。客観の上に立脚することを欲して、復主観を縦まゝにすることを欲せなかつた。その或は体例に背きたるが如き迹あるものは、事実に欠陥あるが故に想像を藉りて補塡し、客観の及ばざる所あるが故に主観を倩つて充足したに過ぎない。若し今事の伝ふべきを伝へ畢つて、言讃評に亘ることを敢てしたならば、是は想像の馳騁、主観の放肆を免れざる事となるであらう。わたくしは断乎（だんこ）としてこれを斥（しりぞ）ける。
蘭軒は何者であつたか。〔その息子〕榛軒柏軒（しんけんはくけん）将（はた）何者であつたか。是は各人がわたくしの伝ふる所の事実の上に、随意に建設することを得べき空中の楼閣である。

（その三百六十九）

こうした意欲こそ「伊沢蘭軒」の核であり、作品に描かれた内容以上に、こうした創作モチーフこそが、この作品を作品として支えているのではなかったか。読者は伊沢蘭軒のことを知るのではなく、鷗外のこの歴史に対する態度を言葉の向こうに読むのではないか。鷗外が新聞連載を終えてから、その切り抜きに手を加えている資料が残っている〔右ページ参照〕。あくなき探究心の姿を見るものは誰でも、襟を正してしまうに違いない。

「伊沢蘭軒」といえば、「その三百三」に朽木（くちき）三助という人から手紙をもらった話が記されている。当時中学生だった井伏鱒二が連載を読んで鷗外に手紙を書いたことに基づいており、井伏は随筆「悪戯」（東京朝日新聞、一九三一年七月十五日、十六日、初出題「森鷗外氏に詫びる件」）にそのエピソードを記している。

「北条霞亭」への逢着

石川淳は『森鷗外』(三笠書房、一九四一年十二月)の冒頭で「澀江抽斎」を論じ、こう記した。

「抽斎」と「霞亭」といづれを取るかといへば、どうでもよい質問のごとくであらう。だが、わたしは無意味なことはいはないつもりである。この二篇を措いて鷗外にはもつと傑作があると思つてゐるやうなひとびとを、わたしは信用しない。〔中略〕「抽斎」第一だと。そして附け加へる、それはかならずしも「霞亭」を次位に貶すことではないと。

「北条霞亭」(大阪毎日新聞、一九一七年十月二十九日〜十二月二十六日、東京日日新聞、同年十月三十日〜同、続稿『帝国文学』一九一八年二月〜一九二〇年一月、続々稿『アララギ』一九二〇年十月〜一九二一年十一月)は難産だったが、無事完成された。連載の切り抜きにさらに書き込みがあり、その加筆された定稿は、結局没後の『鷗外全集』の中に収められて初めて刊行された。鷗外史伝が行き着いた位置にあるのが、この作品だ。

「わたくしは伊沢蘭軒を伝するに当つて、筆を行る間に料らずも北条霞亭に逢著した」という冒頭の一文にもあるように、霞亭は、鷗外が蘭軒を調べるうちに出会った、医者で収集家だった人物だ。二百七十通あまりの書簡群「的矢書牘」を借り受け、執筆の世界が広がったのである。一九一七(大正6)年十一月五日、芥川龍之介が鷗外を訪問した。この日の鷗外日記に、「浜野知三郎、芥川龍之介来話」とある。横須賀から訪ねた際、芥川は強い印象を持ったようだ。「文芸的な、あまりに文芸的な」の「十三　森先生」(『改造』一九二七年四月)で、芥川は「森先生に恐怖に近い敬意を感じてゐる」と書き、次のようなエピソードを記していた。

僕はいつか森先生の書斎に和服を着た先生と話してゐた。方丈の室に近い書斎の隅には新らしい薄縁(うすべ)りが一枚あり、その上には虫干しでも始まつたやうに古手紙が何本も並んでゐた。先生は僕にかう言つた。――「この間柴野栗山(しばのりつざん)(?)の手紙を集めて本に出した人が来たから、僕はあの本はよく出来てゐる、唯(ただ)手紙が年代順に並べてないのは惜しいと言つた。するとその人は日本の手紙は生憎月日しか書いてないから、年代順に並べることは到底出来ないと返事をした。それから僕はこの古手紙を指さし、ここに北条霞亭の手紙が何十本かある、しかし皆年代順に並んでゐると言つた。」！　僕はその時の先生の昂然(こうぜん)としてゐたのを覚えてゐる。

鷗外と芥川龍之介のつながりについては、鷗外が「細木香以」執筆時に芥川から借覧した資料の存在が、新たに確認されたというニュースがある。香以の父龍池(りゅうち)の紀行である。「細木香

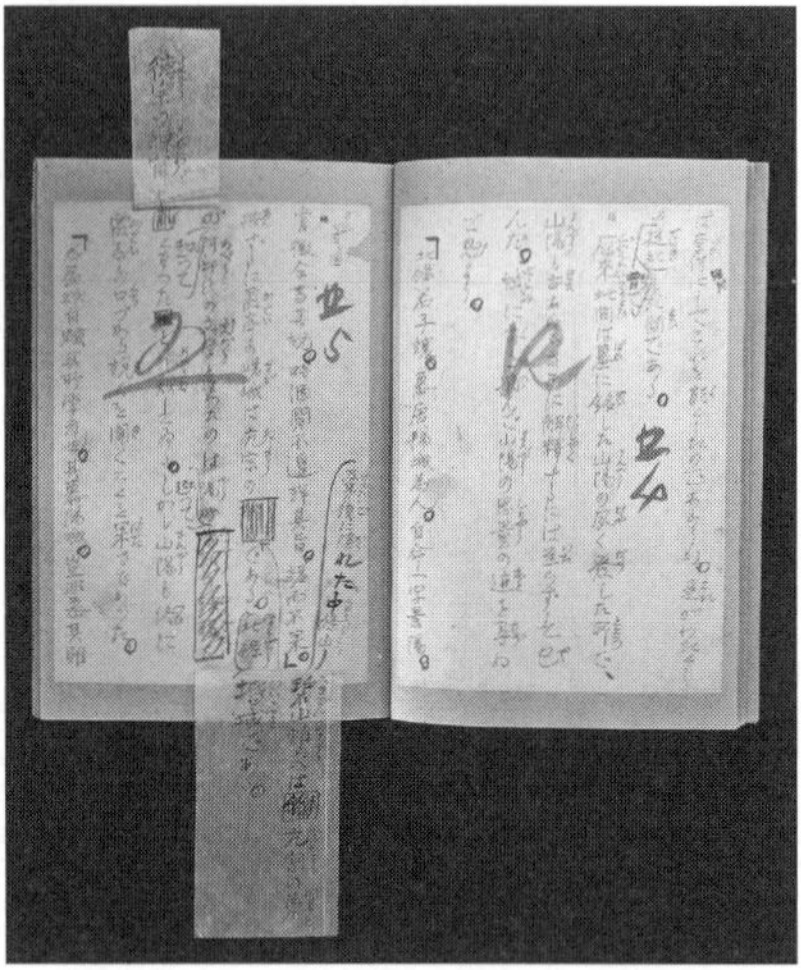

「北条霞亭」原稿（宮城県亘理郡亘理町立郷土資料館保管，個人蔵）

以」のなかに、「芥川氏の所蔵に香以の父龍池が鎌倉、江の島、神奈川を歴遊した紀行一巻がある」と記されている写本で、長く芥川家に伝わった資料だ（現在、日本近代文学館蔵）。芥川と細木香以の関係から、芥川は観潮楼にも何度も足を運んでいる。

「北条霞亭」の新聞連載第一回の自筆原稿九枚が、宮城県亘理郡亘理町に伝わっている。途中に紙をつないで書き足したところなどもわかる、貴重な資料だ。しかし、神奈川近代文学館にも「北条霞亭」第一回原稿と伝わっている資料がある。わたくしは双方を調査し、神奈川近代文学館に伝わるものは、かつて木下杢太郎が亘理の豪商江戸清吉の所蔵する鷗外自筆原稿の鑑定を頼まれ、その際にそれを推敲の跡まで丹念に筆写したものであることを確認した。杢太郎の鷗外への敬意が、こうしたことを生み出したのである。

15　晩年の仕事――遺言に至る道

「なかじきり」の思い

六十歳で亡くなった鷗外に対して、「晩年」という言葉を用いてその最後の仕事を跡づけるのは、現代の感覚からすれば、なかなか違和感がある。鷗外は「空車(むなぐるま)」(東京日日新聞、大阪毎日新聞、一九一六年七月六日、七日)で、「わたくしは宝を掘り出して活かしてこれを用ゐる。わたくしは古言(こげん)に新(あらた)なる性命(せいめい)を与へる。古言の帯びてゐる固有の色は、これがために滅びよう。しかしこれは新なる性命に犠牲を供するのである」と記して自己の姿勢を述べていた。さらに、翌年の「なかじきり」(一六五ページ参照)という文章では、「約(つづめ)て言へばわたくしは終始ヂレツタンチスムを以て人に知られた」と言い、「そして現在は何をしてゐるか。わたくしは何をもしてゐない。一閒人(かんじん)として生存してゐる」と自己規定する。そして、次のように心境を述べる。

わたくしは詩を作り歌を詠む。彼は知人の采録(さいろく)する所となつて時々(じじ)世間に出るが、此(これ)は友人某に示すに過ぎない。前にアルシヤイスム〔古言〕として排した詩、今の思想を容るゝに足らずとして排した歌を、何故に猶作り試みるか。他なし、未だ依るべき新なる形式を得ざる故である。是が抒情詩である。

わたくしは叙実の文を作る。新聞紙のために古人の伝記を草するのも人の請ふがまゝに碑文を作るのも、此に属する。

「叙実」の「実」は、史実のことであろう。史伝を書き継ぐ意識には、「一閒人として生存してゐる」どころではない、精神の張りがあるのである。

公務のなかで

一九一七(大正6)年十二月、鷗外は帝室博物館総長兼図書頭となり、ふたたび公務についた。役目の一つに、毎年秋の奈良正倉院の曝涼に立ち会う仕事があった。奈良への四度の秋の出張は、「奈良五十首」(『明星』一九二二年一月)という短歌作品に結晶する。

蔦かづら絡む築泥の崩口の土もかわきていさぎよき奈良

現実の車たちまち我を率て夢の都をはためき出でぬ

博物館総長としての業績では、世間から隔てられた従来の博物館のあり方を変え、「因習を打破つて、年報、講演集を刊行してその事業を一般に知らせ、又正倉院拝観者の資格制限を拡張し、或は学者を保護して各自専門の研究に没頭する事の出来るやうにした点」を森潤三郎は挙げている(『鷗外森林太郎』)。

『帝諡考(ていしこう)』(一九一九年十月脱稿)は、神武から明治までの天皇の歴代諡号の出典を博捜して考証する。一九二〇(大正9)年四月起稿の「元号考(げんごうこう)」は、死の直前まで書き継がれた考証の達成で、大化から大正までの元号の出典を探るものである。何かを決めるに当たっても筋を通そうとする鷗外の潔癖さと探究心の現れだと言える。

「古い手帳から」(『明星』復刊号一九二一年十一月〜)も、未完の文章で、古代ギリシャの昔から、どのような社会制度のもとで、人間や国家が形成されてきたかを振り返るものだ。

しかし、そうしたなかでも、子どもには率直な姿を見せていたようだ。わたくしは晩年の鷗外の姿を伝える文章として、長女茉莉が父との思い出を綴った「細(こま)い葉蔭への愛情」(『文学』一九三六年六月)の一節を、こよなく愛している。

夏の夕方、隅の方は黒い庭の葉叢(はむら)が岐阜提灯の光にぼんやり見えてゐる時、父は低い声で歌つた。「イソルデよ、わがこひびとよ」それはワグネルのトリスタンとイソルデの中の一節だらう。又こんな詩を口吟(くちずさ)んでゐる事もあつた。「昔ツウレに王ありき」父の声は渋く、歌ふ節には味があつた。この歌を父の声の通りに歌つてみると、父の欧羅巴(ヨーロッパ)への憧れが、切なく私の胸に浸みる。たうとうもう一度欧洲の空気を吸はずに父は死んだ。

「昔ツウレに王ありき」は、ゲーテの『ファウスト』の中に出てくるグレートヒェンが口ずさむ情感に満ちた歌だが、わたくしは鷗外が歌ったのは、シューベルトの作曲した「トゥーレの王」(D３６７)ではないかと思っている。

昔ツウレに王ありき。
盟渝(ちかいかえ)せぬ君にとて、
妹(いも)は黄金(こがね)の杯(さかずき)を
遺(のこ)してひとりみまかりぬ。

(第一連)

鷗外訳『ファウスト』(冨山房、一九一三年一月、三月)から引いたが、少女が歌うのと同じように、鷗外にならって歌曲を口ずさむ体験は格別だ。どのようなときでも、時代や運命などのような大きなものに対峙し、「芸術をいつくしむ」「芸術に親しむ」ことで進んでいこうとするのが、森鷗外だった。

先に引いた森茉莉の思い出の文章には、結婚直後に夫に、「あたしはパッパとの生活を金のきれいな箱に入れて鍵をかけて心の中に持つて居たいわ」と話したと書かれている。かけがえのない「パッパ」との思い出なのだ。「膝の上に抱かれ」「首に手をかけて抱きつく」少女にとって、鷗外は有名な文学者ではなく、愛情を交わす「パッパ」だった。戦後の回想「幼い日々」(『芸林閒歩』一九五四年十月、『父の帽子』〈筑摩書房、一九五七年二月、のち講談社文芸文庫〉所収)にも、そうした思いはあふれている。

私は母に伴(つ)れられて、陸軍省へ父を訪ねる事もあつた。その時だけは父のゐない淋しさが、消えるのだつた。その意味は分らなかつたが、昼間はいつも居ない父が、其処へ行くと居る。「りくぐんしやう」といふ言葉は、私の小さな頭に深く、印象されてゐた。「中略」二段の石段を上つた直(す)ぐ右の所に、医務局の建物はあつた。或る日の事、思ひがけなく石段の上に、父がサーベルを地につき、両手をその上に重ねて立つてゐたことがあつた。私は「パッパ」と体中で叫ぶと、父の、青い空を背にして蔭になつた微笑の顔と、自分との距離を早くちぢめようとして、夢中で馳け出したので、小石に躓(つまず)いて転んだ。やがて真暗な梯子段を、私は父の長靴のあとから登つていつた。暗い中に長靴の拍車が、カチヤリ、カチヤリと、鳴つては光る。母はあとから上つて来た。父はいつもガランとした部屋に、粗末な椅子に腰掛けてゐて、にこにこ笑つて、私を見た。

「おまり、よく来たなあ」

と、父は言つた。

「陸軍省」という場所は、小さい子にとっては問題にはならない。「パッパ」の声は、純粋に父と自分の「距離を早くちぢめ」るためのものである。父親鷗外は、その対象としていつも存在している。

鷗外が亡くなった時、まだ十三歳だった次女杏奴にとっては、なおさらだったろう。『晩年の父』（岩波書店、一九三六年二月、のち岩波文庫）に描かれた父娘の交流は、家庭人鷗外の姿を生き生きと伝える。千葉の海岸での一九二一（大正10）年夏の思い出は、例えばこんな感じだ。

「パッパ、何してるの？」

「星を見に行くんだ。アンヌコも一緒に来るか」

父は私を「アンヌ、アンヌ」と呼んだ。そして愛称の意味もあるのか、アンヌにわざと

「コ」を附けて、「アンヌコ、ヌコヌコや」などと云つてふざけた。

父の背中に寄りかかつてゐると、父の太い首筋に葉巻と雲脂(ふけ)のまじつた懐しい匂ひがする。

「杏奴ちやんは如何(どう)してさうパッパが好きなんだらうねえ」とは、志げがよく笑って言う言葉だったという。於菟の文章には「パッパ」の語は出てこないが、末っ子類の書くものには出てくるのも面白い。

遺書の口述

鷗外は医師であっても、かならずしも自己の健康に神経質であったわけでない。体調がすぐれない場合でも、医師の診察をすすんで受けようとはしなかった。一九二二(大正11)年六月十五日から、役所を休み、二十九日に額田晋(ぬかだすすむ)の診察を受けた。萎縮腎とともに肺結核の症状が見られた。それを伝えるのが、額田晋「鷗外博士の臨終」(『新小説』臨時増刊「文豪鷗外森林太郎」一九二二年八月)である。「診て貰ふなら、額田にしてくれ、他の者ではいけない」との本人の希望で、診察すると、「もう見るから痛々しい御様子」だったという。

七月六日、鷗外は親友の賀古鶴所を呼び、遺書を口述筆記させた。

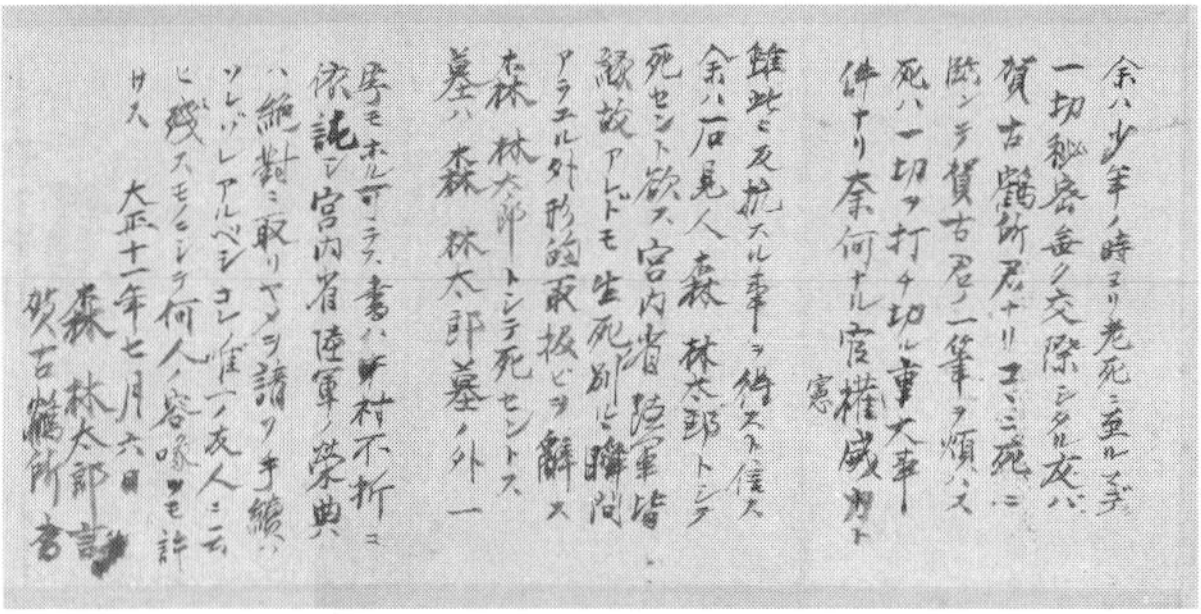

遺言状（文京区立森鷗外記念館蔵）

余ハ少年ノ時ヨリ老死ニ至ルマデ一切秘密無ク交際シタル友ハ賀古鶴所君ナリコヽニ死ニ臨ンテ賀古君ノ一筆ヲ煩ハス

死ハ一切ヲ打チ切ル重大事件ナリ奈何(いか)ナル官憲威力ト雖(いえども)此ニ反抗スル事ヲ得スト信ス

余ハ石見人森林太郎トシテ死セント欲ス宮内省陸軍皆縁故アレドモ生死ノ別ルヽ瞬間アラユル外形的取扱ヒヲ辞ス森林太郎トシテ死セントス墓ハ森林太郎墓ノ外一字モホル可ラス書ハ中村不折ニ依託シ宮内省陸軍ノ栄典ハ絶対ニ取リヤメヲ請フ手続ハソレゾレアルベシ

コレ唯一ノ友人ニ云ヒ残スモノニシテ何人ノ容喙(ようかい)ヲモ許サス

大正十一年七月六日

森林太郎言（拇印）

賀古鶴所書

「石見人森林太郎」として死を迎えたいという心情は、若くして故郷津和野を出て、生涯戻らなかった鷗外が、いかに故郷を自己の心中に持ち続けたかをうかがわせ、多くの人はそれを深い感慨を持って受け止める。鷗外森林太郎の最後の心情は、周囲の人間が何を言っても、そのものとして絶対だ。わたくしたちは、じかにその言葉に向き合い、自分を振り返る。

この遺言状について、鷗外の文章を読み込んだ上で考察を加えたものとして、中野重治「鷗外と遺言状」(『八雲』第三輯、一九四四年七月、のち「遺言状のこと」と改題し『鷗外 その側面』所収)は忘れられない。豊臣秀吉、さらに二葉亭四迷や芥川龍之介らの言葉をも踏まえて、遺言は、「遺言者の生涯の本人による総括」で、「その人を遇した歴史と社会とに対するその最後の批評」でもあるとする。そして、鷗外が遺言のなかに「わざ〴〵力を入れて「信ス」と書いた」ことを取り上げ、次のように分析する。

〔鷗外は〕息を引きとる今はの際となつて、あとさき見境のつかぬ最後の反噬(はんぜい)を金切り声をあげて試みねばならなかつた。文学と芸術との終局の権威に対する心の奥底の信念、殆ど信仰ともいへるものによつてそれをせねばならなかつた。それは、急いでいへば人間に対する愛と信頼とであつた。

「反噬」とは、自分を支えるものに歯向かうことだ。鷗外は、意識がはっきりしている最後の瞬間まで、自己の位置を認識し、それに正面から対処しようとしたのではなかったか。

終焉

額田医師の逝去前日の診断では、「意識は明瞭であるが脈搏が時々結滞するなど、愈々明朝は絶望であらう」という状態で、九日朝駆けつけ最後の注射をしたがだめであったという。「御臨終は静かなもので、少しのお苦しみもなく、眠るが如く瞑目せられた」と、額田晋は伝えている。

一九二二(大正11)年七月九日午前七時、鷗外森林太郎は六十年の生涯を終えた。東京帝国大学助教授だった長男於菟は、ベルリンに留学中で、小金井良精は於菟に「林太郎腎臓病安らかに死す帰るな」と電報を打ったという。十二日に谷中斎場で葬儀がおこなわれ、日暮里火葬場で荼毘に付された。遺骨は翌日、父静男の眠っている向島の弘福寺の墓地に埋葬された。その後弘福寺は関東大震災で損傷したため、一九二七(昭和2)年十月、府下三鷹村字下連雀(現、三鷹市)の同じ黄檗宗の禅林寺に改葬された。その後、一九五四(昭和29)年に、父静男と林太郎の遺骨は分骨され、津和野の永明寺の森一族の墓地に移された。墓石や書は、禅林寺と同じである。いずれも遺言通り、「森林太郎墓」の五文字(中村不折書)が刻まれるのみである。

エピローグ——移ろい、よみがえる鷗外

鷗外没後の遺族

「澀江抽斎」の「抽斎歿後」にならって、鷗外没後の出来事を記したい。まず、遺族のその後である。子どもたちは、それぞれ個性のある文筆活動を展開した。

妻志げ　一八八〇年五月三日〜一九三六年四月十八日、享年五十五。遺児を育てる後半生だったが、鷗外についての回想記は残さなかった。

長男於菟　一八九〇年九月十三日〜一九六七年十二月二十一日、享年七十七。先妻登志子の子。ドイツ留学中、鷗外が逝去。解剖学者として、戦前は台北帝国大学、戦後は台湾大学、東邦大学で教鞭をとる。戦前から父の回想を文章にする。著書に、『森鷗外』(養徳社、一九四六年七月)、『父親としての森鷗外』(大雅書店、一九五五年四月、のちちくま文庫)がある。長男眞章、次男富、三男礼於、四男樊須、五男常治。

長女茉莉（まり）　一九〇三年一月七日〜一九八七年六月六日、享年八十四。仏英和高等女学校卒業。一九一九年に十六歳でフランス文学者山田珠樹（たまき）と結婚。長男爵（じゃっく）、次男亨（とおる）。その後離婚、佐藤彰と再婚するが、まもなく離婚。一九四七年から杉並区永福町で間借り生活を始め、一九五一年に世田谷区下代田町のアパートに移って一人暮らしを続けた。『父の帽子』（筑摩書房、一九五七年二月、のち講談社文芸文庫）で父を描き、小説「恋人たちの森」「甘い蜜の部屋」などで特異な作品世界を構築。『森茉莉全集』全八巻（筑摩書房、一九九三〜九四年）がある。

次男不律（ふりつ）　一九〇七年八月四日〜一九〇八年二月五日、享年零。百日咳で死去。

次女杏奴（あんぬ）　一九〇九年五月二十七日〜一九九八年四月二日、享年八十八。仏英和高等女学校卒業。パリに類と過ごし、帰国後、一九三四年に画家小堀四郎に嫁ぐ。随筆家として多くの鷗外の思い出を書く。『晩年の父』（岩波書店、一九三六年二月、のち岩波文庫）、『父』（宝文館、一九五七年七月）、『朽葉色のショール』（春秋社、一九七一年十二月、のち講談社文芸文庫）など、鷗外の子どものなかで、父のことを数多く書いている。『鷗外の遺産』第一巻（幻戯書房、二〇〇四年十一月）に鷗外と杏奴のつながりがまとめられている。長女桃子、長男鷗一郎（おういちろう）。

三男類（るい）　一九一一年二月十一日〜一九九一年三月七日、享年八十。画家としてパリにも留学。戦後は観潮楼跡に「千朶書房」を開く。のち文筆家として活躍。『鷗外の子供たち——あとに残されたものの記録』(光文社、一九五六年十二月、のちちくま文庫)、『森家の人びと——鷗外の末子の眼から』(三一書房、一九九八年六月)を刊行。長女五百(いほ)、次女佐代、三女りよ、長男哲太郎。

没後の出版物

鷗外没後三週間後の八月一日付で、春陽堂の文芸誌『新小説』は、「文豪鷗外森林太郎」という名の一八〇ページもの「臨時増刊」を出した。かつて刊行された『新小説』臨時号「文豪夏目漱石」(一九一七年一月)と同じ体裁だ。短期間で執筆依頼し、談話筆記も精力的におこなわれた。総論風の文章(平野万里・鈴木春浦(しゅんぽ)・坪内逍遙・野上豊一郎)、各方面の業績についての文章(茅野蕭々(ちのしょうしょう)・小山内薫・菊池寛・小島政二郎ら十二篇)、「『人』及び『芸術家』としての鷗外博士」の見出しの思い出や談話(泉鏡花・鈴木三重吉・岡田八千代・徳田秋聲・島崎藤村ら十九篇)、軍医総監時代・帝国美術院長時代・宮内省図書頭時代・帝室博物館長時代の回想(山田弘倫・正木直彦・五味均平・神谷初之助)など、盛りだくさんだ。論争相手だった坪内逍遙は、「君は学者らしい紳士であり、紳士らしい作者であつた。正直な、謹厳な、見識の高い、自恃心の強い、随つて非常に勝気な、精力絶倫の人であつたといふ事だけは、親交のなかつた私にもよく分つてゐた」と逝去六日目に書いている。多くの人々の回想から浮かび上がる鷗外の姿は、逝去時の文壇の反応もうかがえて興味深い。

『新小説』以外でも八月に、『明星』『三田文学』などで追悼小特集が編まれており、そうした文献の主要なものは、のちに『国語国文学研究史大成14 鷗外 漱石』(三省堂、一九六五年七月、増補版一九七八年三月)に翻刻されている。そうしたもののいくつかは、『鷗外追想』(岩波文庫、二〇二二年五月)にも収録されている。また、鷗外生前の雑誌記事の写真版による集成に、平野清介(せいすけ)編『雑誌集成 森鷗外像』全四巻(明治大正昭和新聞研究会、一九八一年十二月〜一九八四年三月)があり、同時代の鷗外像をうかがうことができる。

『鷗外全集』の刊行

鷗外没後の最初の『鷗外全集』は、一九二三(大正12)年一月から鷗外全集刊行会によって刊行された。全十八巻、一九二七(昭和2)年十月に完成する。菊判天金の大冊で、これがいわゆる「刊行会版」の全集である。最初は与謝野寛が中心となって計画され、「編纂委員」や発行元を決め、動き出す。最終的な「編纂委員」は、「賀古鶴所・入澤達吉・永井荷風・小山内薫・平野万里・小島政二郎・吉田増蔵・与謝野寛」の八名である。吉田増蔵は鷗外が宮内省図書頭のときの部下で、漢学の造詣が深く、未完の「元号考」の後事を託された人物である。春陽堂・国民図書株式会社・新潮社の三社が「鷗外全集刊行会」を組織し、そこからの刊行となった。編成は、「創作小説」二巻、「史伝」三巻、「抒情詩」一巻、「芸術論」三巻、「翻訳小説」二巻、「翻訳戯曲」五巻、「医学」一巻、「衛生・軍事・人文」一巻、である。

刊行会版『鷗外全集』刊行までの経緯については、山崎一穎による詳細な「刊行会版『鷗外全集』編輯過程考」(『日本近代文学館年誌 資料探索』9、二〇一四年三月)があるが、ここで思い出すのは、相談の途中で永井荷風が、新潮社が関わることに難色を示していたという事実である。「森先生の事」(『明星』一九二二年八月)の中で、新潮社への批判を展開し、「先生が「大塩平八郎」の一篇を中央公論に寄稿せられた時新潮記者のなしたる暴言の如きは全く許すべからざるものであつた」と記す。『新潮』には「大塩平八郎」に対する否定的な作品評はないが、ゴシップ欄「卓上語」(一九一四年一月、無署名)の、「文壇七不思議 一、鷗外の葬られざること」や、「森鷗外博士が、医務局に於て文芸上のものの校正をすると云ふ世評がある。〔中略〕公務の間にも私用を足すと云ふのは、何も鷗外博士ばかりではない、今の官吏などは皆そんなものだから」云々といった一節はある。少し後の「卓上語」(同年五月)にも、「つまらぬ野望を起さず刀筆の吏として其本職を忠実にやり給へ、芸術家などとは僭越を極めてるぢや無いか」などと揶揄されている。

『新潮』への嫌悪は、「にくまれぐち」(『中央公論』一九二七年十一月、初出題「荷風随筆」)にも顕著で、鷗外逝去直後の「不同調」(一九二二年八月、無署名)の一節を長く引用し、それを「暴言」として、「新潮社は森先生が六十年の生涯に為された事業は我日本の文壇には何等の意義をもなさぬものと断定したのである」と批判する。中村武羅夫(むらお)の筆と思われるこれらの文章に対し、荷風は徹底的に鷗外を擁護するわけだ。そうした鷗外批判の文章のそばには、いつも荷風批判の文章が付いていた。「文壇七不思議」と記されたのと同じ号には、「永井荷風の書くものはカサカキ文学である」とさえある。明治末から大正初めの文壇においては、鷗外と荷風はいつもセットで見られていた。『新潮』の「暴言」に対し、荷風は鷗外と自分を守る姿勢を明確にする。それは、いわば「芸術を守る」ことでもあった。それは「断腸亭日乗」一九二二(大正11)年七月十九日の条に、「森先生の忌辰(きしん)〔命日〕は上田〔敏〕先生七回忌の日に当りし由。〔中略〕余両先生の恩顧を受くること一方ならず、今より七年の後七月の初にこの世を去ることを得んか」と書く心情につながる。また、一九二七(昭和2)年十月三十一日の条には、次のような言葉も見える。荷風は、与謝野寛の態度にも、大いに疑問を持っていたようだ。

是日国民図書会社より鷗外先生全集第十八巻目一冊を配達し来れり、是にて先生の全集も完了せるなりと云ふ、但し先生の尺牘(せきとく)〔書簡〕日誌及未刊の著述等は此全集十八冊の中には収録せられず、始めの計画にては是等未刊のものも編入すべき筈なりしが其後与謝野氏と森家未亡人との間円滑ならざる事あり、未亡人は貴重なる原稿は一切与謝野氏方へ貸与せざりしと云ふ、兎に角与謝野氏が此全集の編輯をなせしは森先生のためにも又文壇の為めにも不幸なる事なりしなり、

しかし、全集刊行は、その作家に対する新しい見方を生み出す契機になるものである。例えば荷風にあっては、鷗外の歴史小説・史伝の再読から生まれた、「隠居のこごと」(『女性』一九二三年八月、九月、初出題「耳無草(みみなぐさ)」、『麻布襍記(ざつき)』所収)における精緻な分析が生み出される。「澀江抽斎」の抽斎夫人五百の描写を分析しつつ、「文勢抑揚の間、語路委曲の中、おのづから一気貫穿の妙を失はざらしむる」と巧みにまとめている。「山房〔鷗外のこと〕の歴史小説は文芸と社会と過去と現在との二重の意義を有するものといふべきなり」という指摘も、歴史小説の理解として首肯されるものだ。小説家ならではの細部の読みと、その意味を摑む力のバランスが見事である。全集刊行は、鷗外文学が読者に開かれる契機になるわけである。

「テエベス百門の大都」

鷗外について、よく「テエベス百門の大都」という言い回しがなされる。木下杢太郎が、「森鷗外」(『岩波講座 日本文学』岩波書店、一九三二年十一月)という比較的まとまった鷗外論考の、

最後のまとめの部分である「余論」の冒頭で、次のように書いてから広まったものである。

森鷗外は謂はばテエベス百門の大都である。東門を入つても西門を窮め難く、百家おのおの其一両門を視て而して他の九十八九門を遺し去るのである。

「テエベス」とは古代エジプトの都テーベのことだが、「百門」とはもとより比喩的表現だ。正しく「百門の大都」まで引用しないといけないが、なぜか「テエベス百門」という表現が通行している。杢太郎の論は、全集再読の上に立った簡にして要を得た概観だが、「その随筆、創作の到る処に、悲哀に似る一種の気分を感ずる」と言い、「読み了つて心中に寂寥の情緒の湧起するを防ぐ能はなかつた」と記す。その内実こそ大きな点だったが、杢太郎はその奥に入らないままだ。その奥に踏み入れることは、わたくしたちに残された課題である。

新しい『鷗外全集』刊行へ

鷗外理解に果たした新しい全集刊行の力は大きく、岩波書店版の『鷗外全集』〈新輯定版〉著作篇二十二巻・〈第一次〉翻訳篇十三巻（一九三六年六月〜一九三九年十月）は、新しく書簡や日記などを収録した、より整った全集であった。添えられた月報「鷗外研究」も、資料紹介に役立った。岩波書店の雑誌『文学』の「特輯鷗外研究」（一九三六年六月）も、斎藤茂吉「鷗外の歴史小説」など本格的な論考を載せたもので、研究を推進した。小金井喜美子・森茉莉・小堀杏奴など関係者の文章も興趣を添えた。

こうした新しい研究動向については既出の『国語国文学研究史大成14　鷗外　漱石』の成瀬正勝「研究史通観」の一文に詳しい。そこで紹介されている、次のような戦前の鷗外論の存在は大きい。伝記研究から自由な論評まで、豊富だ。

石川淳『森鷗外』（三笠書房、一九四一年十二月）
森潤三郎『鷗外森林太郎』（丸井書店、一九四二年四月。『鷗外森林太郎伝』昭和書房、一九三四年七月の改訂版）
山田弘倫『軍医森鷗外』（文松堂書店、一九四三年六月。『軍医としての鷗外先生』医海時報社、一九三四年三月の改訂版）
唐木順三『鷗外の精神』（筑摩書房、一九四三年九月）
小金井喜美子『森鷗外の系族』（大岡山書店、一九四三年十二月、のち岩波文庫）

こうした動きが、戦後の新しい岩波書店版『鷗外全集』刊行に引き継がれる。

『鷗外全集』〈決定版〉著作篇三十三巻、別巻二、〈第二次〉翻訳篇十八巻（一九五一年六月～一九五六年二月）B6判
『鷗外全集』〈一九七一年版〉全三十八巻（一九七一年十一月～一九七五年六月）菊判
『鷗外選集』全二十一巻（一九七八年十一月～一九八〇年七月）B40判、石川淳編集
『鷗外歴史文学集』全十三巻（一九九九年十一月～二〇〇二年三月）四六判、詳細な注釈を付す
『鷗外近代小説集』全六巻（二〇一二年十月～二〇一三年三月）四六判、詳細な注釈を付す

他の出版社からも工夫された全集類が出版されたが、いずれも厳密な意味での全集ではない。『森鷗外全集』全八巻・別巻「森鷗外研究」（筑摩書房、一九五九年三月～一九六〇年三月）は、巻末に初めて注解を付したもの。別巻は研究の現状を示し便利である。この全集は装幀を変えて、再刊されている。文庫判『森鷗外全集』全十四巻（ちくま文庫、一九九五年六月～一九九六年八月）も、簡単な注付きで普及に役立った。

戦後の鷗外研究

戦後の近代文学研究の発展とともに鷗外研究は隆盛期を迎える。わたくしなど研究を始めた

頃、鷗外研究の基本文献はそんなに多くなかったが、現在はおびただしい数の鷗外に関する書物が刊行され、書架をいっぱいにしている。研究史を追うだけで、本ができるくらいだ。戦後鷗外研究を牽引してきた先達の名前を、試みにその代表的著作一冊の名とともにあげてみたい。わたくし自身、それらに学んできた半世紀以上の歴史を感じる。

稲垣達郎『森鷗外の歴史小説』、澤柳大五郎『新輯鷗外劄記』、長谷川泉『森鷗外論考』、関良一『逍遙・鷗外 考証と試論』、三好行雄『鷗外と漱石――明治のエートス』、磯貝英夫『森鷗外――明治二十年代を中心に』、小堀桂一郎『若き日の森鷗外』、平川祐弘『和魂洋才の系譜――内と外からの明治日本』、竹盛天雄『鷗外 その紋様』、山崎正和『鷗外 闘う家長』、尾形仂『森鷗外の歴史小説 史料と方法』、嘉部嘉隆『森鷗外――初期文芸評論の理論と方法』、蒲生芳郎『森鷗外 その冒険と挫折』、小泉浩一郎『森鷗外論 実証と批評』、山崎一穎『森鷗外・歴史小説研究』、佐々木雅發『鷗外白描』、山﨑國紀『森鷗外――基層的論究』、大屋幸世『鷗外への視角』、須田喜代次『鷗外の文学世界』、大石直記『鷗外・漱石――ラディカリズムの起源』、宗像和重『投書家時代の森鷗外 草創期活字メディアを舞台に』、小林幸夫『森鷗外論 現象と精神』、酒井敏『森鷗外とその文学への道標』、金子幸代『鷗外と近代劇』、森まゆみ『鷗外の坂』、小倉斉『森鷗外、創造への道程』

雑誌『文学』(岩波書店)、『解釈と鑑賞』(至文堂)、『国文学』(学燈社)などでの鷗外特集のほか、折々に刊行された「必携」「読本」類、例えば稲垣達郎編『森鷗外必携』(学燈社、一九六八年二月)、竹盛天雄編「森鷗外必携」(別冊『国文学』37、学燈社、一九八九年十月)は、作品事典も添えられており便利である。コンパクトな『群像日本の作家2 森鷗外』(小学館、一九九二年五月)も、役立つ。最近では、鷗外の生涯を研究年表の形でまとめ上げた苦木虎雄(にがき)『鷗外研究年表』(鷗出版、二〇〇六年六月)や、平川祐弘編『森鷗外事典』(新曜社、二〇二〇年一月)なども刊行され、便利になった。「百門の大都」を探求するのにふさわしい、地図やガイドブックも整備されたわけだ。

記念館の建設

鷗外の故郷には、津和野町立「森鷗外記念館」があり、生家も保存されている。展示や講座のほか、館報『ミュージアムデータ』(一九九七年三月創刊、現在二十六号)を刊行している。

観潮楼跡には二〇一二(平成24)年、文京区立「森鷗外記念館」が開館した。かつて、その場所には文京区立鷗外記念本郷図書館があり、そこに「鷗外記念室」があったが、図書館を他に移し純粋な記念館として整備されたのである。「三人冗語」の記念写真にも写っている庭の石や、永井荷風書になる「沙羅の木」文学碑の存在はうれしい。「鷗外記念室」を支えてきたのが、研究者の団体「森鷗外記念会」である。研究誌『鷗外』(一九六五年十月創刊、現在百十号)と、『森鷗外記念会通信』(一九六五年四月創刊、現在二百十八号)を出している。

ベルリンには、フンボルト大学が設置する「森鷗外記念館」Mori Ôgai Gedenkstätteがある。第一の下宿の跡に作られたこの記念館は、一九八四(昭和59)年十月に開館した。留学中の鷗外の足跡をたずねる人も多い。

鷗外専門の雑誌として『森鷗外研究』1〜10(一九八七年五月〜二〇〇四年九月)が和泉書院から出ていた。1から5は森鷗外研究会編、6から10は山﨑國紀・谷沢永一編である。

永井荷風のメッセージ

鷗外は、追悼文「長谷川辰之助氏」(一三七ページ参照)のなかで、帰国途中の船上で亡くなる直前の二葉亭四迷の様子を想像して、「つひ〳〵少し小説を書いてしまつた」と記した。「海が穏である」という、夜のデッキの上で、星空を見上げながら、二葉亭に「本郷弥生町の家のいつもの居間」の様子を思い出させている。「ふと画(え)のやうに目に浮ぶ」光景を考えるとき、鷗外の場合はどうであったかと思う。遺書を口述するとき、どういう光景が浮かんでいたのか。「石見人森林太郎」の七文字の奥には、津和野の光景、生家の周辺、こぢんまりした街並み、川べりの道、そして何よりも母のような青野山が思い出されていたかも知れない。

鷗外を、これからどう読むのか。その意味で、「鷗外全集をよむ」(『鷗外全集』〈新輯定版〉著作篇の内容見本、のち『文学』一九三六年六月)で、永井荷風がこう書いていたことを改めて思う。

> 一文学志望の青年で、わたくしの意見をきゝに来る人があると、わたくしは自分の説など聞くよりもまづ鷗外全集を一通りよんだ方がよい。その中で疑義があつたら、それについて説明しようと、わたくしはいつも答へてをります。
>
> 一文学者にならうと思つたら大学などに入る必要はない。鷗外全集と辞書の言海とを毎日時間をきめて三四年繰返して読めばいゝと思つて居ります。

もちろん、『鷗外全集』と『言海』のみ読んでいれば文学者になれるわけではない。言葉を駆使する能力と、鷗外の備えていた見識と感受性を読み取ることが大事である、と言っているのである。そうしたことを通して、読者は、生身の鷗外個人を超えた、普遍的な文学世界に接することができる。そのとき、作品世界を通して、鷗外森林太郎として歩んだ個人の存在全体が、わたくしたちにもたらされるのではないか。

鷗外略年譜

一八六二(文久2)	一月十九日(太陽暦二月十七日)、石見国(現、島根県)津和野に生まれる。父静泰(のち静男)、母ミ子(峰子)の長男。本名は林太郎。家は代々藩主亀井家の典医。
一八六七(慶応3)	五歳。弟篤次郎誕生。＊大政奉還がなされる。
一八六九(明治2)	七歳。藩校養老館に通い始め、『童蒙入学門』を筆写。
一八七〇(明治3)	八歳。妹喜美子誕生。『和蘭文典』を学び始める。
一八七二(明治5)	十歳。父とともに上京し、向島に住む(翌年、祖母・母・弟妹も上京)。西周宅に寄寓し、本郷の進文学社でドイツ語を学び始める。＊新橋横浜間に鉄道開通。
一八七四(明治7)	十二歳。第一大学区医学校(のち東京医学校、帝国大学医学部)予科に入学。＊台湾出兵起こる。
一八七六(明治9)	十四歳。東京医学校移転に伴い、本郷の寄宿舎に移る。賀古鶴所・緒方収二郎らと知り合う。＊廃刀令、秩禄処分。
一八七九(明治12)	十七歳。弟潤三郎誕生。＊沖縄県設置される。
一八八一(明治14)	十九歳。東京大学医学部卒業。陸軍に軍医として入る。＊国会開設の勅諭発布。
一八八四(明治17)	二十二歳。ドイツ留学を命じられ渡航。ベルリン着後、ライプチヒに赴く。

一八八五（明治18）	二十三歳。「日本兵食論」「日本家屋論」執筆。ドレスデンに移る。ナウマンに論駁する。
一八八六（明治19）	二十四歳。ミュンヘンに移り、原田直次郎と知り合う。
一八八七（明治20）	二十五歳。ベルリンに移り、コッホの衛生学研究所に入る。国際赤十字会議に出席。
一八八八（明治21）	二十六歳。帰国し横浜着。エリーゼ・ヴィーゲルトが来日するが帰国。
一八八九（明治22）	二十七歳。「鷗外漁史」の名を用いて文学活動を、『東京医事新誌』主筆として啓蒙活動を開始。赤松登志子と結婚、上野花園町（現、池之端）に暮らす。「於母影」発表。『しがらみ草紙』『医事新論』創刊。＊大日本帝国憲法発布。
一八九〇（明治23）	二十八歳。「舞姫」発表。翻訳「埋木」連載開始。「うたかたの記」発表。長男於菟誕生。弟とともに千駄木に移り、登志子と離婚。＊第一回衆議院議員総選挙。
一八九一（明治24）	二十九歳。「文づかひ」刊行。「山房論文」を発表し、坪内逍遙と没理想論争。
一八九二（明治25）	三十歳。終の住処となる本郷区駒込千駄木町二十一番地（現、文京区立森鷗外記念館）に転居、父母・祖母とも同居。『美奈和集（水沫集）』刊行。観潮楼を新築する。『即興詩人』連載開始。
一八九四（明治27）	三十二歳。日清戦争が起こり従軍。韓国へわたり、中国に転戦。
一八九五（明治28）	三十三歳。日清講和後帰国するが、反乱鎮圧のため台湾総督府に赴任。再び帰国。
一八九六（明治29）	三十四歳。『めさまし草』創刊。幸田露伴・斎藤緑雨とともに「三人冗語」連載開始（のち「雲中語」）。父静男、樋口一葉死去。『都幾久斜（月草）』刊行。
一八九九（明治32）	三十七歳。小倉（現、北九州市）に移る。『審美綱領』刊行。原田直次郎死去。

一九〇〇（明治33）	三十八歳。「鷗外漁史とは誰ぞ」発表。登志子死去。
一九〇二（明治35）	四十歳。荒木志げと再婚、帰京。『即興詩人』刊行。『芸文』『万年艸』創刊。
一九〇三（明治36）	四十一歳。長女茉莉誕生。永井荷風と知り合う。
一九〇四（明治37）	四十二歳。日露戦争が起こり従軍。陣中で『うた日記』の作品を執筆。
一九〇六（明治39）	四十四歳。帰国。山縣有朋とともに歌会「常磐会」に加わる。祖母清子死去。「朝寐」発表。
一九〇七（明治40）	四十五歳。「有楽門」発表。佐佐木信綱・与謝野寛・伊藤左千夫らとともに「観潮楼歌会」を開く。次男不律誕生。『うた日記』刊行。陸軍軍医総監、陸軍省医務局長に就任。
一九〇八（明治41）	四十六歳。弟篤次郎、次男不律死去。
一九〇九（明治42）	四十七歳。『スバル』創刊。「半日」発表。「椋鳥通信」連載開始。二葉亭四迷死去。次女杏奴誕生。「魔睡」発表。「ヰタ・セクスアリス」発表、発禁処分となり戒飭を受ける。「鶏」発表。妻志げが「波瀾」発表。
一九一〇（明治43）	四十八歳。「杯」「木精」発表。「青年」連載開始。『三田文学』を支援。大逆事件検挙が始まり関心を向ける。「普請中」「花子」発表。『涓滴』刊行。「沈黙の塔」「食堂」発表。＊韓国併合。
一九一一（明治44）	四十九歳。「蛇」「カズイスチカ」発表。三男類誕生。『烟塵』刊行。「妄想」発表。「雁」「灰燼」連載開始。＊幸徳秋水ら十二名が死刑。

一九一二（明治45／大正元）	五十歳。「かのやうに」「鼠坂（ねずみざか）」発表。石川啄木死去。「羽鳥千尋（はとりちひろ）」発表。乃木希典（のぎまれすけ）の明治天皇への殉死に際し「興津弥五右衛門（おきつやごえもん）の遺書」発表。
一九一三（大正2）	五十一歳。「阿部一族」「ながし」発表。『ファウスト』刊行。「佐橋甚五郎（さはしじんごろう）」発表。『意地（いじ）』『走馬灯』『分身』『マクベス』刊行。「護持院原（ごじいんがはら）の敵討（かたきうち）」発表。
一九一四（大正3）	五十二歳。「大塩平八郎」「堺事件」「サフラン」「安井夫人」発表。『天保物語』刊行。＊第一次世界大戦起こる。
一九一五（大正4）	五十三歳。「山椒大夫（さんしょうだゆう）」「歴史其儘（そのまま）と歴史離れ」発表。『諸国物語』『雁』刊行。「魚玄機（ぎょげんき）」「ぢいさんばあさん」発表。『沙羅（さら）の木』刊行。「最後の一句」発表。
一九一六（大正5）	五十四歳。「高瀬舟（たかせぶね）」「寒山拾得（かんざんじっとく）」発表。「澁江抽斎（しぶえちゅうさい）」連載開始。母峰子死去。夏目漱石死去。軍務の現役を引退し予備役に入る。「伊沢蘭軒（いざわらんけん）」連載開始。「空車（むなぐるま）」発表。
一九一七（大正6）	五十五歳。「なかじきり」発表。「北条霞亭（かてい）」連載開始。帝室博物館総長兼図書頭（ずしょのかみ）に就任。＊ロシア革命起こる。
一九一八（大正7）	五十六歳。『高瀬舟』刊行。この年から、正倉院曝涼（ばくりょう）のため秋は奈良に出張。
一九一九（大正8）	五十七歳。帝国美術院長に就任。
一九二〇（大正9）	五十八歳。「元号考（げんごうこう）」起稿。
一九二一（大正10）	五十九歳。『帝謚考（ていしこう）』刊行。「古い手帳から」連載開始。
一九二二（大正11）	六十歳。「奈良五十首」発表。額田晋（ぬかだすすむ）の診察を受け、賀古鶴所に遺言を口述。七月九日午前七時死去。遺骨は向島弘福寺（こうふくじ）に埋葬後、三鷹禅林寺（ぜんりんじ）、津和野永明寺（ようめいじ）に改葬。

あとがき

森鷗外没後百年に当たって、岩波新書で評伝をまとめるお話をいただき、どういう一冊にするか自分なりのイメージを少しずつかためて、準備を始めた。鷗外の営為を、時代を示す文学資料と、周囲の文学者が見た鷗外像とを絡ませながら跡づけ、明治・大正文学の大きな流れの中に、鷗外の存在を置いてみたい。鷗外の影響は、思わぬ文学者の中にも浮かび上がってくるからである。永井荷風をはじめ、鷗外と同じ時間をともに過ごしてきた人々が書いた、生き生きとした折々の文章に新しいヒントがあることは、以前から感じていた。鷗外作品の本文を具体的に紹介しつつ、今回その視点に留意したいと思った。

振り返ると、近代文学を学ぶなかで、稲垣達郎先生、竹盛天雄先生、先輩の山崎一穎さん、大屋幸世さんに接する場では、いつも鷗外が話題にのぼった。二十代の後半に、鷗外の初期小説本文の詳細な「校異表」を作ったことも、なつかしく思い出される。その後、鷗外作品を分析した論考を、少しずつ書いてきた。

これまで明治・大正の多くの文学者を論じてきたが、調べれば調べるほど、誰もが鷗外とつながっていることを実感してきた。鷗外は近代文学の結節点なのである。さらに今回、その生涯を丹念に追うなかで、眼の前に立ちふさがっている何ものかと静かに、しかし持続的に戦っている鷗外の姿が、次第に見えてきた。いろいろな時期にうかがえる、危機の中でそれをどう認識し乗り越えるのかを模索する強靭な精神のありようが、痛いほど眼に入ってきた。かつて訪れた津和野の風景も、折あるごとに思い出された。このような鷗外に寄り添う日々を過ごしたことは、わたくしにとって貴重な経験である。

編集部の奈倉龍祐さんには、これまでいくつもの仕事でお世話になってきたが、今回も執筆に際し温かく的確なアドバイスをいただいた。奈倉さんとの対話に導かれて、本書は完成したと感じている。また、校閲を担当してくださった藤井由紀さんからは、綿密な引用の校合をはじめ細部に至るまで、多大なご助力をいただいた。深く感謝の意を表したいと思う。

鷗外没後百年の日、二〇二二年七月九日を前に

中島国彦

た　行

な　行

は　行

ま　行

や・ら・わ行

鷗外作品名索引

中島国彦

1946年東京生まれ．早稲田大学大学院修了．博士(文学)．現在早稲田大学名誉教授，日本近代文学館理事長．『白秋全集』『荷風全集』『定本 漱石全集』(岩波書店)などの編纂に携わるとともに，日本近代文学館の活動に尽力し，近代作家の新発見資料の調査跡づけも行う．著書に『近代文学にみる感受性』(筑摩書房，1994年，やまなし文学賞)，『漱石の地図帳――歩く・見る・読む』(大修館書店，2018年)，『漱石の愛した絵はがき』(共編，岩波書店，2016年) など．

森鷗外 学芸の散歩者　　岩波新書(新赤版)1937

2022年7月20日　第1刷発行
2022年11月15日　第2刷発行

著　者　中島国彦（なかじまくにひこ）

発行者　坂本政謙

発行所　株式会社 岩波書店
〒101-8002 東京都千代田区一ツ橋 2-5-5
案内 03-5210-4000　営業部 03-5210-4111
https://www.iwanami.co.jp/

新書編集部 03-5210-4054
https://www.iwanami.co.jp/sin/

印刷・理想社　カバー・半七印刷　製本・中永製本

ISBN 978-4-00-431937-5　　Printed in Japan

岩波新書新赤版一〇〇〇点に際して

ひとつの時代が終わったと言われて久しい。だが、その先にいかなる時代を展望するのか、私たちはその輪郭すら描きえていない。二〇世紀から持ち越した課題の多くは、未だ解決の緒を見つけることのできないままであり、二一世紀が新たに招きよせた問題も少なくない。グローバル資本主義の浸透、憎悪の連鎖、暴力の応酬——世界は混沌として深い不安の只中にある。

現代社会においては変化が常態となり、速さと新しさに絶対的な価値が与えられた。消費社会の深化と情報技術の革命は、種々の境界を無くし、人々の生活やコミュニケーションの様式を根底から変容させてきた。ライフスタイルは多様化し、一面では個人の生き方をそれぞれが選びとる時代が始まっている。同時に、新たな格差が生まれ、様々な次元での亀裂や分断が深まっている。社会や歴史に対する意識が揺らぎ、普遍的な理念に対する根本的な懐疑や、現実を変えることへの無力感がひそかに根を張りつつある。そして生きることに誰もが困難を覚える時代が到来している。

しかし、日常生活のそれぞれの場で、自由と民主主義を獲得し実践することを通じて、私たち自身がそうした閉塞を乗り超え、希望の時代の幕開けを告げてゆくことは不可能ではあるまい。そのために、いま求められていること——それは、個と個の間で開かれた対話を積み重ねながら、人間らしく生きることの条件について一人ひとりが粘り強く思考することではないか。その営みの糧となるものが、教養に外ならないと私たちは考える。歴史とは何か、よく生きるとはいかなることか、世界そして人間はどこへ向かうべきなのか——こうした根源的な問いとの格闘が、文化と知の厚みを作り出し、個人と社会を支える基盤としての教養となった。まさにそのような教養への道案内こそ、岩波新書が創刊以来、追求してきたことである。

岩波新書は、日中戦争下の一九三八年一一月に赤版として創刊された。創刊の辞は、道義の精神に則らない日本の行動を憂慮し、批判的精神と良心的行動の欠如を戒めつつ、現代人の現代的教養を刊行の目的とする、と謳っている。以後、青版、黄版、新赤版と装いを改めながら、合計二五〇〇点余りを世に問うてきた。そして、いままた新赤版が一〇〇〇点を迎えたのを機に、人間の理性と良心への信頼を再確認し、それに裏打ちされた文化を培っていく決意を込めて、新しい装丁のもとに再出発したいと思う。一冊一冊から吹き出す新風が一人でも多くの読者の許に届くこと、そして希望ある時代への想像力を豊かにかき立てることを切に願う。

（二〇〇六年四月）